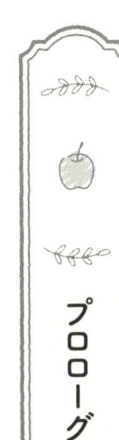

プロローグ

may tomorrow
be another
good day

その日は、いつもみたいに酔って暴れる父から逃げるように、部屋の隅で息を殺して小さ[illegible]ていた。僕の腕の中には五歳の弟ハルト、三歳の弟ユウマが怯えて縮こまっている。

助けてくれる人は、もういない。

……僕が、守らなきゃ……。

弟たちが少しでも安心するように、僕は二人をぎゅっと抱き寄せた。

外は酷い雨で、もうどこにも、僕たちの居場所はないように感じた。

母は去年の冬、事故に遭い亡くなった。僕の十四歳の誕生日プレゼントを買った帰りだったらしい。ぺしゃんこになったバッグの中には、綺麗にラッピングされていたであろう、潰れた携帯電話が入っていた。

まだ三十六歳。笑顔の絶えない、お日様のようにあったかい人だった。

父は、僕が小学校の高学年に上がる頃に会社からリストラされ、再就職も上手くいかず、派遣で工場に行っていた。だけど、いつからか毎日のようにお酒ばかり飲むようになり、次第に母や僕たちに当たるようになっていった。

それからしばらくして父は家に帰らなくなり、妊娠中の母が朝から晩までパートを掛け持ちしながら僕たちを育ててくれた。

出産間近になり、母と僕、弟のハルトは住んでいた町から祖母が暮らす母の田舎に引っ越した。

祖母の家は海の近くで、近所のおじさんたちは漁師さんが多かった。家のすぐ裏には山があって、隣に住む高校生のお兄ちゃんたちに連れられて、幼いハルトと一緒にカブトムシを探して回った。

楽しくて、毎日汗だくになりながら駆けまわっていた。


末の弟ユウマが産まれ、母の容体も安定した頃、母は知人の紹介で地元の介護施設で働くようになった。母のいない時間は長く、寂しいと感じたこともあったけど、祖母や近所の人たちが優しく接してくれたし、何より怯えずに過ごせることがすごく嬉しかった。


二年前、祖母が倒れ入院した。肺炎をこじらせ、一度も家に帰ることなく亡くなった。

身近な人の初めての死を経験し、とても怖くて寂しくて、だけど、母と弟たちを支えなきゃって、このとき強く感じたのを覚えている。

それからは母を少しでも助けようと、今まで以上に家事、保育園の送迎に弟たちの世話、自分にできることは何でもやった。

「ありがとう」って笑った母の顔が、いまでも忘れられない。

そして去年の十二月。授業中に僕だけが先生に呼ばれ、クラスメイトたちが見守る中、学校側が呼んでくれたタクシーに先生と二人で乗り込んだ。

走る窓から見える見慣れた光景に、嫌な予感がして心臓がバクバクと音を立てる。

急いで病院に向かうと、そこにはベッドで横になったまま動かない母がいた。

お医者さんは、顔は見ないほうがいい、車体に巻き込まれて傷が酷いからと僕に言って、付き添いで来てくれた担任の先生と少し話をしていた。

僕は冷たくなった母の横で、ひとり泣き喚いていた。

どれだけ時間が経ったのか分からないけど、帰るころには辺りはすっかり暗くなっていた。

帰りのタクシーの中で、先生はぼんやりとする僕に寄り添い、何も言わずに優しく抱きしめてくれた。


葬儀の日、僕は何も手につかないままだったけど、たくさんの人が手伝ってくれて……。

ハルトは僕の手をぎゅっと握ったまま離さず、ユウマは泣き疲れて眠っていた。

こうして僕たち三人は、空に昇る煙を眺めながら、もう二度と会えない母を想い見送った。

祖母と母が亡くなり、僕たちは別居中の父に引き取られることになった。

祖母の土地と家は、亡き祖父のお兄さんが持っていたもので、僕たちには今まで通り住んでもいいと言ってくれたけど、母の保険金と事故を起こした相手側からの賠償金も支払われるため、父はそのまま僕たちを連れ、父が住んでいるアパートへ戻った。

戻ってからの生活は以前よりも酷く、お風呂もなかったし、隙間風も酷かった。アパートの裏には山があって、窓を開けると虫がたくさん入ってくる。

祖母の家で遊んだ裏山とは違い、なぜかすごく怖かった。


父は、母が僕たちに残してくれたお金もお酒やギャンブルにつぎ込んでいるようで、僕たちはまともに学校にも通えないまま、アパートで怯えながら過ごす日々。

殴られ蹴られ、食事も満足に与えられない。

それでも幼い弟たちを守るため、必死に我慢し続けた。

いま思えば、近所の人や交番に「助けて」って言えればよかったなぁって、後悔してる。

……そうすれば少しは、二人もおなかいっぱい、ご飯が食べられたかな。


そして、ここに来てから八か月が過ぎようとしていた蒸し暑い夏の日。

昨晩から大雨・洪水警報が発令されていて、父は大雨のせいで外に出られず、お酒ばかり飲んでいた。弟たちは怯えながらも、空腹には耐えられなかったのだろう。

父に小さな声でお願いした。


「おなかすいた」って。

そこからの記憶はハッキリと覚えていない。

とにかくハルトとユウマを守らなきゃ。
このままコイツに殺される。
なんで僕たちがこんな思いしなきゃいけないんだ。
なんでこんなヤツが父親なんだろうって。

お母さん、おばあちゃん、たすけて。

もうここにはいたくない。

するとアパート全体が大きく揺れて、部屋中の家具や食器が倒れてきた。
僕は必死に、ハルトとユウマを自分の腕のなかに抱え込んだ。

父の叫び声が聞こえたと思った瞬間、僕たちは真っ黒な土砂に飲み込まれていった。

明日もいい日でありますように。

May tomorrow be another good day.

異世界で新しい家族ができました

1

葉山 登木

Toki Hayama

Illust. 鳥羽雨

Contents

May tomorrow be another good day.

Glossary

用語一覧

読み方	名前
メーラ	林檎《りんご》
キャベジ	キャベツ
リューベ	蕪《かぶ》
パタータ	じゃが芋
キュルビス	南瓜《かぼちゃ》
オニオン	玉葱《たまねぎ》
レティス	レタス
グルケ	胡瓜《きゅうり》
ソーヤ	大豆
チックピー	ひよこ豆
マイス	とうもろこし
アスパラゴ	アスパラガス
ガーリク	にんにく
ブロッコリ	ブロッコリー
ビネガー	お酢
カロッテ	人参《にんじん》
チィリ	唐辛子《とうがらし》
エッグプラント	茄子《なす》
スナップピー	スナップエンドウ
リモーネ	レモン
パステク	西瓜《すいか》
オイスター	牡蠣《かき》
シュリンプ	海老《えび》

第一章
出会い

「ハァ～……。それにしても、あっついなぁ～……」

雲一つない快晴の下、長閑《のどか》な田園風景が広がる道を、大量の荷物を載せた二頭立ての荷馬車がゆっくりと走っている。

その御者台に座っている男性の名はカーター。年は二十八歳と若いが、王都から離れた村・アルトヴァーレで、いま流行りの服や革製品などを取り扱い、その村では人気の店を構える立派な商人だ。

「トーマスさん、今回は護衛を受けてくださって、ありがとうございます！ ……でも、本当に報酬はなしでいいんですか？ ギルドに依頼したら、結構な金額だと思うんですけど……」

そう言いながら、後ろの荷台に向かって申し訳なさそうに声を掛けた。

「あぁ、構わん。どうせ知り合いに会いに行く予定だったからな。それより、馬車でも片道五日はかかるところを乗せてもらえて助かった。こちらの方こそ感謝するよ」

そう言って、自分より三十も年下の青年に頭を下げ、礼を言う男性。名はトーマスという。

同年代の男性に比べてかなり上背があり、筋肉も厚く初老とは思えない。相当鍛えられた肉体の持ち主だ。

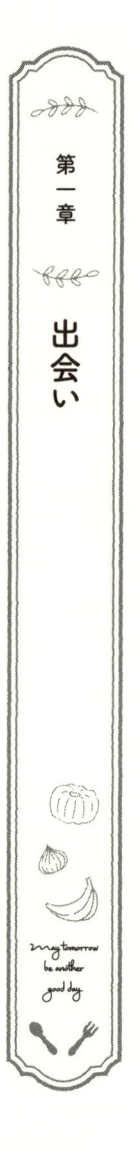

昔は冒険者としてパーティを組んでいたが、十年程前に妻と共にこの先にある村に越してきた。

酒場で白髪交じりの顎鬚《あごひげ》をさする仕草は、年を重ねたからこそ滲《にじ》み出る大人の色気が漂い、男女問わず彼に憧れる者は多い。

「いえいえ！　トーマスさんが一緒で、私もかなり心強かったですから！　……でも、王都がもう少し近かったら、仕入れもラクなんですけどね～……」

「ん？　そうしたら他の店にも行きやすくなって、店の売り上げが落ちるんじゃないのか？」

「うっ……、そうなんですよね……！　くっそ～！　もっとみんなが興味の引くものを手に入れないと……！　う～ん……」

そう言いながらブツブツ考え始めたカーターを見て、フッと微笑むトーマス。

しばらく走ると、村の門近くにあるのに誰にも使われていない納屋が近づいてきた。

「……ん？」

何かが動いた気がして目を凝らすと、その物陰に小さな……。

そう思ったと同時にトーマスは荷馬車から飛び降り、その物陰に駆け寄った。

「えっ!?　どうしたんですか、トーマスさんっ!?」

いきなり飛び降り走り出した彼の後を、慌ててカーターも追いかける。

馬の手綱を引きながらそこに近づくと……、

「……え？　それって……!?」

そこには、泥だらけでぐったりと横たわる少年と、その傍らでうずくまり泣きじゃくる、まだ年端もいかない二人の幼児の姿があった。

「カーター、すまない。荷台に乗せるぞ」

「はい！　あっ、そのままだとマズいですね……。この上に寝かせてください！」

そう言ってトーマスは泥だらけで意識のない少年を、カーターが用意した何枚にも重ねた麻布と毛布の上にそっと下ろす。そして少年の横に座り、胡坐《あぐら》をかいた自分の膝に、躊躇もせず幼い二人を座らせた。

二人が座ったのを確認し、カーターは荷馬車を慎重に走らせる。

「トーマスさん！　その袋の中に、水とメーラの実《りんご》が入ってます！　その子たちに食べさせてあげてください！」

小さい麻袋を開けると、そこには王都で購入した帰路用の食糧がわずかに残っていた。

まずはこの幼子たちの顔についた泥と、ぐしゃぐしゃに泣いた涙の痕を拭ってやらねばと、布を水で湿らせ優しく拭いていく。

ある程度きれいになったところでナイフを取り出し、メーラの皮を剝き、食べやすい大きさに切ってやる。

「ほら、この実は甘くてシャリシャリして美味しいぞ。まだあるから、ゆっくり食べなさい」

そう言って、キラキラした目で自分の手元を見る幼子たちに苦笑しながら渡していく。

いちばん幼いこの子には危ないな、とトーマスはその子を自分の胸元に抱え込み、切り込みを入れたメーラを落とさないように手を添えながら与えていく。

シャクシャクと可愛らしい音をさせながら嬉しそうに食べる二人を見て、やっと一息つけた気になった。

「おじさんの名前はトーマスだ。君たちの名前を、教えてくれるかい？」

そう優しく問うと、幼子は夢中で食べていた顔を恐る恐る上げた。

「……えっと、ぼくのおなまえは、ハルト、です。おとうとの、ゆぅく……、ユウマと、おにぃちゃんは、ユイトって、いうの……」

メーラの果汁でベトベトになった口元を、その小さい手で拭こうとするので、水で湿らせた布でもう一度拭ってやる。水を飲ませ、落ち着いたところで本題に入る。

どうしてあんなところにいたんだ？　と。

そう尋ねた途端、その大きな瞳にいまにも零れ落ちんばかりの涙を溜めて、二人の顔がくしゃりと歪んだ。

マズい、そう思った時にはもう手遅れだった。

泣きながらも必死に話そうとするハルトの言葉を、頭の中でなんとか整理すると、この子たちの祖母と母親が亡くなり、いままで別々に暮らしていた父親に引き取られた。

父親は仕事もせず酒ばかり飲み、この子たちに満足に飯も与えず、暴力を振るっていた。それをこの子たちの兄が弟たち二人を庇い、暴力に耐えていた、と……。

どうしてあの場所にいたのかは分からない。でも、父親が兄を殴っているときに地面が大きく揺れ、家の中に土砂が流れ込んできたという。

この近辺で、そういった被害は聞いていない。……かと言って、この子が嘘をつくようにも見えない。

——ただ分かるのは、この兄弟たちにはもう、帰る場所はない、ということだけだった。

「おいおい、トーマス……！　その子たちは？」

村の門で衛兵を務めるアイザックが、呆れた様子で尋ねてくる。周囲には彼の部下たちも様子を見に集まっていた。

「あの壊れた納屋があるだろう、そこで倒れていてな。……まだ幼いし、放ってはおけんだろう」

子どもたちの顔が見えやすいよう座席に座り直し、やましい事はないと意思表示する。

「この子たちには水とメーラをあげたんですけど、お兄さんの方が……」

「身分証は……。持ってはなさそうだしなぁ。こっちの坊主は……、酷いな……！　痣だらけじゃねぇか」

「この子たちをカーティスに診てもらおうと思う。まぁ、問題があればオレが責任を持つしかないな」

そう言って、自分の膝に座ったまま、鎧を着たアイザックをキラキラした目で見上げるハルトとユウマを撫でる。麻布の上で横になる泥だらけの少年は、まだ意識が戻らないようだ。

「おじさん、へいたいさん、ですか？　かっこいぃ、です……！」

「かっこぃー！」

自分を見て興奮気味の幼子に気を良くしたらしく、ビシッと敬礼をするアイザックにきゃっきゃとはしゃぎ、小さな手で敬礼を真似る二人はとても可愛らしい。

「まぁ、心配するようなことはないと思うがな。念のため、診せたら報告だけしてくれ」

「わかった。感謝する」

「おチビちゃんたち、またな！」

「はぁい！」

「あぃ！」

「カーター。すまないが、カーティスの所まで乗せて行ってくれないか？」

「今更、なに当たり前のこと言ってるんですか……。最初からそのつもりです！　安心してください！」

当然だというように、にこやかに返事をするカーターに安堵の息を漏らす。

荷馬車に揺られながら、村の通りをキョロキョロ忙《せわ》しなく眺める二人の頭を撫で、そっと声を掛けた。

「いまから君たちと、君たちのお兄さんを医者に診てもらう。怪我や病気がないか確認するから、騒がずにちゃんと大人しくするんだぞ？」

「……おいしゃさん、いったら……。おにぃちゃん、げんきに、なりますか？」

「……にぃに、いたぃのなおりゅ？」

不安そうに窺う二人を安心させようと、ぎゅっと抱き寄せ「大丈夫、元気になる」とあやすように背中を撫でる。出会ったばかりなのに、なぜだかこの子たちにはずっと笑顔でいてほしい、と柄にもなく思ってしまう。

「……ん～、脱水と栄養失調だね。あと全身の内出血が酷い。念のため、この子はしばらく診療所《こちら》で預かるよ。この二人もお兄さんに比べたらマシだけど、同年代の子たちと比べると、だいぶ小さいね……。メーラを食べたんだよね？　お腹が痛くなったり、気持ち悪くなったりしなかったかな？」

そう幼い二人に優しく問いかけるのは、村で唯一の診療所の医師・カーティス。

一見すると線が細く弱々しく見えるが、子どもや老人には優しく接し、言うことを聞かない子どものままでかくなったような男には容赦なく罵声を浴びせ、しまいには治癒魔法《ヒール》なしに消毒液をかけ傷口を縫うという暴挙に出る。大胆で村民に恐れ……、いや、信頼されている男でもある……。

「めぇ……？」

カーティスの問いに、ハルトは小首を傾げた。そして困ったように眉を下げ、こちらを上目遣いで見上げてくる。

「あぁ、おじさんと馬車に乗って食べたろう？　甘くてシャリシャリした果物だよ」

「……あ！　あれ、とっても、おぃしかった！　また、たべたぃ、です！」

「ゆぅくんも！　たべちゃぃ！」

「……そうか。今度はもっと甘いのを食べような」

そう言って二人の頭を撫でると、「ぅん！」と嬉しそうに頷き、花が綻んだような可愛らしい笑みを浮かべた。思わずつられて笑ってしまう。

「メーラは水分が多くて食べやすいから、胃にもちょうどいいね。良い判断だ」

「……いや、メーラを食べさせろと言ったのはカーターだ。オレはいつも、干し肉くらいしか持ってないからな」

「ハハ！　カーターくんか！　さすがだな、干し肉じゃなくてよかった！」

笑いながらも、未だに意識のない少年にヒールをかける彼には本当に頭が下がる。

この国に光属性である治癒魔法《ヒール》を使える者は、滅多に存在しない。

ましてや完全治癒ができる《聖女》などという存在は、今や伝説として残っているだけだ。

ヒールが使える者は、程度の差こそあれ、大概は王都に居を構える。

ただカーティスは違う。自分の力では完全に治癒することはできないと、薬学や鍼《はり》など医療という名の付くものを貪欲に学んでいる。その姿は尊敬に値するだろう。彼が王城で勤めていても、何ら不思議ではない。

そんな彼がなぜこの村にいるのかは訊いたことはないが、この村を気に入っているのだけはオレでも分かる。

「……う～ん。何だかいつもより、効きが悪い気がするんだよね……」

カーティスはそう言いながら大きく息を吐き、疲労したのであろう己の肩を軽く揉み始める。

「全身の痣なんかは時間が経てば回復するだろうけど、僕には内臓の損傷や切断された手足なんかは治せないからね。かなり殴打の痕はあったけど、骨にも異常はないし……。あとは彼の目が覚めてから、薬で様子を見よう」

「すまない、助かった」

「患者を治すのが僕の仕事だよ。……だけどまぁ、トーマスに感謝されるのも、悪くはないね！」

腕を組み、大袈裟にふんぞり返るカーティスを見て苦笑する。すると、いつの間にか小さな手がカーティスの白衣の裾を不安気に握り締めていた。

「せんせぇ……。おにぃちゃん、なおりますか……？」

「いっちゅもおとしゃん、ゆぅくんたちたたくの……。でもね、にぃにかばってくれるの。もぅいたぃたぃちなぃ？」

子どもたちの問いに、一瞬カーティスと目を合わせ固まってしまう。

短い時間しか過ごしていないが、話を聞くだけでどんな父親かは想像できる。

もし目の前にいたならば、オレはきっと頭に血が上り殴ってしまうだろう……。まぁ、そんな光景は子どもたちには見せないが。

「うん、大丈夫だよ。君たちのお兄ちゃんはスゴイね。目が覚めたら、早く元気になるように助けてあげてね？　体を動かすとまだ痛いと思うから」

「はぃ！　ぼく、おてつだぃ、します！」

「ゆぅくんも！」

「……ッ、はぁ〜〜っっ！　かわいいねぇ〜〜〜！」

……うん。尊敬する男だが、子どもには大層あまいと付け加えておこう。

「先生はおじさんとお話があるから、ここで少し待っていてくれるかな？」

こくんと子どもたちが頷いたのを確認し、トーマスとカーティスは病室を後にする。

「トーマス。あの子たち、どうする気だい？　幸い、体のどこにも奴隷紋なんかは見当たらなかったけど……」

カーティスは腕を組み、呆れた様子でトーマスに問いかける。

「まぁ、あの子の意識が戻るまでは……。オレのところで面倒を見るしかないな……」

「ふ〜ん……？　なんだか、最初から決めていたみたいじゃないか。放っておけないのも分かるけどね、お人好しもほどほどにしなよ？」

「……あぁ」

「ん？　どうしたんだい？　歯切れが悪いね」

「いや……。オリビアに伝えるのを忘れていたな、と……」

「ハハ！　あの人なら心配ないいんじゃないのかい？　君以上のお人好しだからなぁ～！」

「だと、いいんだがなぁ……」

「似たもの夫婦だから大丈夫だよ！」

病室に戻り、改めて二人に向き合い伝えてみる。「しばらくおじさんの家においで」と。オレとベッドに寝たままの自分たちの兄を交互に見る表情は、居た堪れなくなるほどに不安気だ。目線を合わせ、「お兄さんも、目が覚めたらおじさんの家に来るんだぞ」と言えば、安心したように頷いた。それにしても、泥がまだ付いたままだな。オリビアに了承を得てから体を拭いてやろう。

よし、早速だが連れて帰ろうか。なぜだか分からないが、この子たちの面倒を見るのは、オレにはごく自然なことのように感じられる。

明日また来ると伝え、少年の意識が戻るように願いながら診療所を出た。


オレの両腕には、ハルトとユウマが抱えられている。

二人はオレの服をぎゅっと握ったまま、忙しなく村の店通りを観察しているようだ。

「あら？　トーマスさん、お久し振り！　かわいい子たち連れてるわね！　どうしたの？」

オレたちに声を掛けてきたのは、夫婦で肉屋を営むエリザだ。

「あぁ、村に帰る途中でちょっとな。しばらくうちで面倒を見ようと思う」

そう言って、エリザによく見えるように二人を抱え直す。

「そうなの？　こんにちは、おばさんの名前はエリザよ。よろしくね！　ボクたちのお名前は？」

にこりと笑みを浮かべるエリザの顔を見て、二人はきょとりと瞬きを一つ。

「えっと、ぼくのおなまえは、ハルト、です」

「ゆぅくん！」

「おとうとの、ユウマ、です」

「ふふっ、かわいいわねぇ～！　トーマスさん、そうしてると〝おじいちゃんと孫〟ってカンジよ！」

そう言って笑うエリザの言葉に面食らう。『おじいちゃんと孫』……。

まぁ、五十八だし年齢的にもそちらの方が正解か……。オレも年を取ったものだな……、なんて少し感傷に浸っていると、腕の中で二人がもじもじしているのが目に入った。

どうしたと尋ねると、想像もしない答えが返ってきた。

「おじぃちゃん……？」

「じぃじ……？」

ふふっと内緒話のように小さな両手で口元を隠し、可愛らしく笑う二人は天からの使いなのかもしれない……。

グゥッと唸るオレを見て、エリザは口を開けて笑っていた。たぶん……。いや、確実に明日には村中にこのことが知られているだろう。

だが問題はない。この子たちを見れば、皆同じ意見になるはずだからな。

「ハルト、ユウマ。もうすぐ家に着くんだが、オレの奥さんが待っている。ちゃんと挨拶できるか？」

「おくさん？」

「そうだ。オレがおじいちゃんなら、オレの奥さんはおばあちゃん……、かな？」

「……！　おばぁちゃん……！」

もしかしたら、オリビアは自分がおばあちゃんなんて言われるのは嫌かもしれない。

しかし、この子たちに言われたら許すしかなくなるはずだ。

生活費も昔からの貯えがあるし、ギルドの依頼を少し多めにこなせば、子ども三人分くらい何とかなる。

そこでふと、自分がしばらくではなく、ずっと面倒を見る気でいることに気が付き笑ってしまった。

さぁ、もうすぐ家に着く。この子たちの面倒を見ると伝えるのに、まさかここまで緊張するとはな。プロポーズ以来じゃないだろうか。

そうしてオレはハルトとユウマを抱え直し、意を決して家の扉を開けた。


……結論から言うと、オレの心配は無用なものだったらしい。

先ほどオリビアが子どもたちの体をぬるま湯で拭い終わり、いまは目の前でキャベジ《キャベツ》とトマトの入ったスープを冷ましながら食べさせているところだ。

子どもたちは「おいしい、おいしい」と、嬉しそうに食べている。なんでも、先に帰ったカーターがこの子たちを連れて帰るかもしれないとオリビアに伝えてくれたそうだ。

それを聞いて、子どもたちの胃に優しいスープを作って待っていたと……。

できる妻と隣人を持って、オレは幸せだ。

「ねぇ、トーマス？　ハルトちゃんとユウマちゃんの服や食器を買いに行きたいんだけど……。お兄さんが目を覚ましてからの方がいいかしら？　どう思う？」

ユウマの口を拭いながら、オリビアがそう尋ねてくる。

もうすでに、二人が可愛くて仕方がないとその表情が物語っているようだ。

「いや、先に二人の物を用意しよう。この子たちの兄の分も、目が覚めてからまた買いに行けばいいしな」

「そうね！　じゃあ今日は疲れてると思うから、明日この子たちの物を買いに行きましょうか！」

「おかぃもの、ですか？」

買い物と聞いて、ハルトはスプーンを持ったまま小首を傾げる。

「そうよ～！　明日はハルトちゃんとユウマちゃんのお洋服と食器を揃えましょうね！　お兄さんの分は目が覚めてから一緒に買いに行きましょう！」

オリビアのその言葉に、ハルトはパァッと表情を輝かせた。

「おにぃちゃんの、およぅふく、ぼろぼろ……。あたらしぃの、うれしぃ！　です！」

「ゆぅくんも！　うれちぃ！　ありあと、ばぁば！」

「あっ！　ぼくも、うれしぃ、です！　おばぁちゃん、ありがと、ござぃます！」

「うぅ……っ」

そう唸りながら胸を押さえうずくまるオリビアを見て、カーティスの言った『似たもの夫婦』という言葉を思い出す。やはり長年連れ添うと、同じような思考になるのだろうか……？

子どもたちは食べたら眠くなったらしく、いまはベッドでスヤスヤと眠っている。

そうだ、この子たちのベッドも買わないとな。

「トーマス、この子たちの事情はカーターくんから聞いたんだけど……。お兄さんのほうは酷い痣があったって……。大丈夫なの……？」

二人の寝顔を眺めていたオリビアは、心配そうにオレに振り返る。

「あぁ……。カーティスが言うには、脱水と栄養失調らしい。全身の痣はヒールを掛けてくれていたよ。効きが悪いと言っていたがな……。あとは目が覚めてから、食事と薬で様子を見るそうだ」

「可哀そうに……。見つけたときは泥だらけだったんでしょう？　土砂崩れなんて、この辺りでは聞いたことないわよね……？　しかもあんな幼い子たちを連れて……」

そうなのだ。この付近で災害が起きれば、周辺の村にすぐ連絡が来る。しかしそんな報告は、冒険者ギルドや衛兵を務めるアイザックたちでさえも一切知らなかった。

この子たちは、一体どこから来たのか。子どもの足で辿り着けるような距離なのか。考えれば考えるほど、謎ばかりが深まっていく。

そして父親も一緒に土砂に埋もれたらしいが、この子たちが生きている、ということは父親の生存も有り得るということだ。もし探しに来たとしても、渡すつもりは毛頭ない。

なんとか隠しきれればいいんだがと、心の底から願うばかりだ。

「そういえば、明日は店はどうするんだ？」

妻のオリビアは、この村に来てからしばらくして家の一部を改装し、小さな食事処を開いている。以前は昼時から日が沈んでも営業していたが、昔負傷した足が悪化してからは昼時だけ店を開けるようになった。夜はギルドの食堂兼酒場があるから、酒飲みは誰も困らないというのがオリビアの考えらしい。

「あぁ、明日から少しの間、お休みにしようと思って。あの子たちのお兄さんも、目が覚めたからと言って万全なわけじゃないでしょう？　体が慣れるまで一緒に過ごそうと思うの」

いいでしょう？　と、先に言われてしまった。妻の思いやりがありがたい。「あなたも疲れてるんだから、体を拭いて今夜は早く寝ましょう」と、オリビアと二人でスープとパンを食べ就寝することにした。

今夜はベッドが狭く感じるが、心が満たされる。

そんな温かい気持ちで眠りについた。

＊＊＊＊＊

翌朝、かるく朝食をとり、オリビアと子どもたちと共に必要なものを買いに行ったわけだが……。

昨日の予想通り、村中にこの子たちのことが知れ渡っていた。「可愛い、可愛い」と褒められ、なぜだかオリビアがまんざらでもない様子で上機嫌にハルトの手を引いていた。足が痛くないか心配だが、今のところは大丈夫そうだ。

ユウマは知らない人間に囲まれ少し疲れたらしく、いまはオレの腕に抱かれて眠っている。

「オリビア、一度家に戻ってから、カーティスの所に様子を見に行ってくる。二人のことを頼めるか？」

「ええ、心配しないで。お兄さん、意識が戻ってるといいんだけど……」

二人も一緒に連れて行こうかと思ったが、意識が戻っていない場合もある。

それに目覚めたとしても、いきなり知らない場所に連れてこられて、あの少年は混乱するかもしれない。少し様子を見なければならないと思う。

「おじぃちゃん、おにぃちゃんのとこ、いきますか？」

不安気に見上げるハルトに、膝を折り目線を合わせながら頭を撫でる。

愚図りながら「ぼくもいきたい」と言うハルトに、「今日は様子を見に行くだけだが、もし目が覚めてもいきなりは動けない。体調が良くなったら、みんなで行こう」と優しく伝えてみる。

いやいやと首を横に振っていたが、お兄さんの目が覚めて話せるようになったらすぐに教えると言うと、最後には頷いてくれた。


「やぁ、トーマス！　昨日ぶりだね！　ちょっと手が離せないから、勝手に入っていいよ！」

患者の診察をしながら、医師のカーティスが声を掛けてくる。

助手のコナーはカルテを手に忙しそうに動き回り、他の見習いたちにテキパキと指示を出していた。そういえば昨日も走り回っていた気がする……。オレたちがカーティスを占領しているようなものだったからな……。

そんな忙しそうなコナーを横目に見つつ、少年が寝ている病室へと向かった。

ベッドに横たわる少年の顔色は、昨日よりはだいぶ血色が戻っているように見える。

窓を少し開けると、心地よい風が頬を撫で、窓の外では木の葉がそよそよと揺れていた。

少年はすうすうと寝息を立てている。その額に汗で張り付いた前髪を指で優しく払ってやる。

少し握っただけでも折れそうな細い腕を見て、こんなにも小さな体で弟たちを守っていたのかと、彼の哀れな境遇を愛しく思う。

「……んぅ……」

頭をそっと撫でると、少し顔をしかめるように小さく声を上げる少年。一瞬身じろいでしまった。目を覚ますかと息を吞むが、そのまま寝入ってしまったようだ。

昨日は泥だらけだったが、拭いてもらったのだろう。

その髪は、美しい青みを帯びた、烏《からす》の濡羽色《ぬればいろ》をしていた。


「その子の髪、珍しいよねぇ？」

——どれくらい時間が経ったのだろうか？　少し気を抜いていたようだ。カーティスに声を掛けられるまで気付かないなんて。

「そうだな……。この子の弟たちもそうだが、こんなに美しい髪は初めて見たな」

ハルトとユウマも黒髪だが、すこしふんわりとした柔らかい印象を受ける。

それに比べ、この少年の髪はしっとりと光沢をもった艶《つや》やかなものだった。

「昨夜遅くに目を覚ましてね……。弟くんたちがいないって取り乱していたから、一応説明はしておいたよ。あと、ほんの少しだけどリューベ《カブ》をすりおろしたスープを口にできた。トーマスに早くお礼を言いたいってさ」

……そうか、スープを口にできたのか。思わず安堵の息が漏れた。

そう思うと人間とは現金なもので、今度は声が聴きたいと、はやる気持ちを抑えながら彼が目覚めるのを待つことにした。

・

村に、九時課《午後三時》を報せる教会の鐘が鳴り響く。

もうこんな時間かと、少年の頭を一撫でして帰ろうと腰を上げた瞬間、彼の睫毛が静かに震え、ゆっくりと瞼が上がる。

そして、長い睫毛に縁取られた、綺麗なへーゼルの瞳と目が合った。

「……ぁ、の……、」

あなたは？

その言葉に、ハッと我に返る。

「……え？　あ、あぁ！　よかった……！　意識が戻ったんだな、オレの名はトーマスだ」

突然の事で、咄嗟に言葉が出てこなかった。何たる失態。

「ぁ、僕は……、ユイト、です……」

「君の弟たちは、オレの家で妻と一緒だ。怪我もないし、何も心配は要らない」

ユイトの手を取り、「今朝も、スープとパンを美味しそうに頬張っていたよ」と伝えると、弟たちの無事を聞いた途端、彼の瞳からぼろぼろと大粒の涙が溢れ出てきた。

「……ぅ、ぁりがと、ッ……、ござぃま、すッ……」

礼を言いながらも小さく肩を震わせ、我慢できずに嗚咽を漏らす彼を見て、「大丈夫、頑張ったな」と小さい子をあやすように抱き寄せた。

一緒に暮らそうという提案は、彼が泣き止み落ち着いてからにしよう。

——コンコン、と病室の扉を控えめにノックする音が聞こえ振り向くと、先ほどまで患者を治療していたのであろう、少しくたびれた様子のカーティスが立っていた。

「あれ？　ユイトくん、どうしたんだい？　トーマスの顔が怖くて泣いちゃったのかな？」

そう言いながらも、彼を見つめるカーティスの目は優しい色をしている。揶揄《からか》われたと思ったのか、ユイトは涙を服の袖でごしごしと拭い始めた。

あぁ、そんなに強く擦っては目が腫れてしまう、とオレとカーティスは慌ててそれを止める。

「ほら、腕を診せてごらん。……うん、内出血も少しマシになったね。薬が効いてきたかな。他は？　痛みはないかい？」

カーティスの優しい声色に安心したのか、強張っていたユイトの肩が少し緩まった。

「はぃ……。どこも、いたくないです……」

「ね？　昨日言った通り、トーマスは怖い顔だっただろう？」

そう言いながら、戯《おど》けたようにウインクを一つ。

「おい、カーティス……！　そんなことを言っていたのか……！」

「やだなぁ～、冗談だって！　怖そうだけど優しいおじさんが来るよって教えただけ！　ね！」

そんなオレたちのやり取りを見て緊張が解《ほぐ》れたのか、ユイトはふふっと小さく笑った。空気が軽くなるのが分かる。照れたように笑う顔が、ハルトとユウマにそっくりだ。

あぁ、早くこの子たち兄弟を会わせてやりたいな、と思った。

「ユイト、これも何かの縁だ。行く当てがなければ、下の二人と一緒にオレの家で暮らさないか？」

落ち着いてからと思っていたのに、ついポロッと口をついて出てしまった。

いきなりの提案に驚いたのだろう。今度は目をこれでもかと見開いて、おろおろとオレとカーティスを交互に見ている。まるで昨日のハルトのようだ。

「あ～……。いや、無理にとは言わない……。しかし、ハルトもユウマもまだ幼いだろう？　二人を連れての旅は、とてもじゃないが許容できん。もし部屋を探したいなら手伝うが……。あの子たちは目が離せないだろう？　だからしばらくはオレの家で……」

そう言ったところで、カーティスが堪え切れないというように腹を抱えて笑い出した。笑うカーティスとは対照的に、ユイトはこちらをジッと見つめている。

「ハハハハ！　そんな！　必死にならなくても……ッ！　トーマスはよっぽどこの子たちが可愛いんだねぇ！」

何がそんなにおかしかったのだろうか。むぅと腕を組み考える。もう既にと言っては何だが、あの二人には夫婦で絆《ほだ》されている自覚があるから仕方がない。そんなにおかしかっただろうか……。

ふと視線を上げると、ユイトと目が合った。

「……どうして、そんなに良くしてくれるんですか……？」

何か裏があると思われているのだろうか？　とても真剣に尋ねてくる。

どうしてと言われても、自分でも上手く説明できないんだが……。

「う～ん……。昨日出会ったばかりなのに、おかしいとは自分でも分かっているんだ。それでも、ハルトとユウマに『おじいちゃん』と呼ばれてしまってな……。妻も『おばあちゃん』と呼ばれて喜んでいた。……それに、孫のことは目に入れても痛くないと言うだろう？」

そして、「オレたちのことは祖父母だと思えばいい」と言った瞬間、ユイトの瞳からまたぼろぼろと涙が溢れてくる。

そんなに泣いて、体中の水分がなくなるんじゃないかと心配するほどだ。

そしてまた服の袖でごしごしと涙を拭う。あぁ、またそんなに強く擦って……、と心配していると、何かを決心したようにユイトがこちらに顔を向けた。

「僕、家の手伝いでも、なんでもします……。どうか、よろしくお願いします……」

そう言って、ユイトはベッドの上で頭を下げる。「そんなことはしなくていい」と慌てて上体を起こさせると、顔を上げた彼と目が合った。

涙の膜が張ったように、その瞳にキラキラと陽の光が反射する。

――あぁ、これから新しく家族になるこの少年に、この先幸多からんことを。

第二章

女神の祝福

気が付くとそこは、壁も天井も何もない真っ白な空間だった。

ハッと弟たちの姿を探すと、ハルトとユウマは自分の足元ですやすやと寝息を立てていた。

『目が覚めましたか？』

振り返ると、そこにはふわりと柔らかな笑みを浮かべた一人の女性が立っていた。

きらきらと光の輪を帯びたように輝く髪は、風に舞うように靡《なび》いていて、彼女の周りをふわふわと綿毛のような光が飛んでいる。

見惚れてしまうくらいに綺麗な人。

あぁ、女神様っていうのはきっと、こういう人のことをいうんだろうなぁ。

『ふふ。綺麗だなんて、ありがとうございます』

「……え？」

『貴方のいう《女神》で合っていますよ』

ぼんやりとした頭が周りの状況を理解しようとし、急激に頭から血の気が引いていくのが分かる。

「……僕の思っていることが、分かるん、……ですか……？」

『いえ、貴方が口に出していましたから』

そう言うと、またふふっと笑みを浮かべ、女神様は僕たちの元へふわりと近づいてきた。

口に出ていたなんて恥ずかしい。そう思いながらも、どうしても確かめたいことがあった。

「僕たちは、えっと……。死んだん、ですか……？」

『……いいえ。魂も器も壊れかけていますが、まだ完全には亡くなっていません』

「死んでないって……、どうしてですか？」

確か土砂に埋もれて……。あの状態じゃあ、生きているなんて誰も信じられない……。

『貴方たちのご家族が、強く願ったからです』


――僕たちの、家族……？


母も祖母も、もうとっくに亡くなっている。もしかして、あの父親が？

……いや、土砂に飲まれる寸前まで僕たちを殴っていたんだ。それはない。

ちらりと女神様の方に顔を向けると、困ったように微笑んでいた。

『貴方たちのお母さま、そして母方と父方、両方のお祖父《じい》さまとお祖母《ばあ》さまたちですね』

そして、『愛されていますね』と、女神様が微笑んだ瞬間、周りにふわふわと飛んでいた綿毛のような光が、僕たち三人を包むように光りだした。眩しくて思わず目をつむる。

その瞼の向こう側で、ふわっと光が和らいだ気がした。

恐る恐る目を開けると、お母さんとおばあちゃん。そして、幼い頃に亡くなったおじいちゃんと、お父さんのおじいちゃん、おばあちゃんが僕たちを包むように抱きしめていた。

「ごめんね」「ごめんなさい」「助けてあげたかった」「私たちが生きていれば」と、皆一様に肩を震わせながら泣いている。

いつの間にか目を覚ましていたハルトとユウマは、「おじいちゃんだよ」「おばあちゃんよ」と泣きながら笑う祖父母たちに、きょとんとした顔のまま抱きしめられていた。

『――貴方は、《輪廻転生》……、という言葉を知っていますか？』

「……聞いたことは、あります……」


――亡くなった人の魂が、この世に何度も生まれ変わってくること――


『亡くなった方たちはその輪廻転生の輪に加わり、時を経てまたこの世に生を受けます。貴方たち兄弟も、いずれその輪に加わるはずでした……。しかし貴方たちのお母さまたちはそれから外れ、貴方たちを三人一緒に生かしてあげたいと願ってきたのです』

母たちを見て、『困ったものでしょう？』と微笑み、女神様はそっと僕の頬を撫でた。

『生かすとしても、貴方たち兄弟の魂も器もすでに壊れかけています。なにかで修復しなくてはいけません……。そこで《もしできるなら、自分たちの魂を使ってくれ。もう生まれ変わることができなくても、この子たちをもう一度……》と訴えに来たのです。こんな人間は初めてですよ、困ったものです』

『――でも、私も少し、試してみたくなりました』

そう言って女神様は母たちに向き合い、『本当にいいのですね？』と尋ねている。皆、真剣な表情で頷いた。

『ユイトさん、ハルトさん、ユウマさん。皆それぞれ魂の色、形は異なります。そしていま、そのほとんどが色と形を失っている状態です。……それを、お母さまたちの魂で補います。補うと同時に、お母さまたちの意識や存在は消滅し、もう生まれ変わることはできません。……それでも、よろしいですか？』

そう自分に問いかけられた瞬間、サーッと血の気が引くのが分かった。

――そうだ。僕たちは生きられるとしても、母たちは魂から消えてしまう。何も存在しなくなるんだ……。

「――だいじょうぶ」

そう言って、母がぎゅっと抱きしめてくれた。

「お母さんたちは、ユイトたちと一緒に生きるのよ」

懐かしい母の温もりに、自然と涙が溢れてくる。

祖父母たちも、「なにも心配は要らない、ずっと一緒だ」と、まるで幼い子に言い聞かせるように頭を撫でてくれる。

そうか、これからも一緒なんだ。そう思うと、ふと心が軽くなる気がした。

『よろしいですね？』

女神様が優しく微笑み、再び僕に問いかける。

「……はい。お願い、します」

その答えを聞いた後、女神様はなにかを掬うように、僕たちの前に手のひらを重ねて差し出した。

その手のひらに、ふわふわと光の粒が溢れてくる。

母たちの体を光が包み、少しずつ少しずつ、母たちの姿を光の粒へと変えていく。

いつの間にか泣いていた僕たちを、母と祖父母たちは最後とばかりに抱きしめて「可愛い、可愛い」と撫でてくれた。

ハルトとユウマは撫でられながら、「おじぃちゃん」「おばぁちゃん」と甘えている。そんな可愛い孫たちに、祖父母たちはデレデレと目尻を下げていたが、揃って顔を見合わせ、「う〜ん」と考え込んだかと思うと、とんでもないことを言い出した。

「いやいや……！　孫は目に入れても痛くないと言うが、本当だったな……！」

「そうねぇ。私、魂まであげても惜しくないわ」

「私たちの仕事の経験とか、今までの知識って残るのかしら……？　それとも消えちゃうからムリ？」

「そうだなぁ。そのままってのは、ちぃとばかし心配だよなぁ……」

「少ししか過ごせなかったから、この子たちに母の味を覚えていてほしいわ〜」

「女神様、なんとかなるかい（かしら）？」

母と祖父母たちの突然のお願いに、女神様はまた困ったように微笑んで、『大サービスですよ』

と母たちの知識を付与してくれると言った。
母たちは大喜びだったが、僕は女神様に有り難いような、申し訳ないような気持ちで居た堪れなかった。

『――さぁ、最後の仕上げです』

そう微笑んで、手のひらから溢れる光の粒へ、タンポポの綿毛を飛ばすようにふぅっと息を吹きかける。
きらきら舞う淡く優しい光に包まれて、僕たちは自然と意識が遠のいていくのを感じた。

薄れゆく意識の中で、
次に目が覚めたら、地球とは異なる世界にいるということ。
頼れる人がたくさんいること。
それから少し微笑んで、貴方を大切にしてくれる人と出会うでしょう、と。
最後に、しあわせになりなさい、と祝福してくれた。

『ユイト、ハルト、ユウマ。この三名に、《慈愛の女神・メーティスの加護》を与えます』

――どうかこの子たちに、愛が溢れる喜びを。

淡く優しい光の中。

ほんの一瞬だけ見えた、僕を愛おしそうに見つめる、知らない誰かの姿。

その手に触れたくて、必死に手をのばす。嬉しい。会いたい。傍にいたい。

もう少しで手が届くと思った、その瞬間。

……僕は、知らない誰かを想いながら、意識を手放した。

◇◆◇◆◇

今日はユイトが、診療所から我が家にやって来る日だ。

昨日話はできたが、まだ様子を見ようということになり、ユイトはそのまま診療所に泊まる形となった。兄が目を覚ましたと伝えれば、ハルトとユウマの二人は、その元気は一体どこからやってくるのだというくらいに喜びはしゃいでいた。

オリビアも今日はなぜか、いつもより上品な服を着ている気がする……。

「おじぃちゃん、はやく！　おむかぇ、いこっ！」

「じぃじぃ～！　はやくぅ～！」

「ちょっと待ってくれ。いま行くから」

きゃあきゃあと家の前ではしゃぎ回る二人に笑いながらも、オリビアは二人の服装を直している。

「ふふっ、二人とも朝から待ち遠しかったものねぇ～？」

「はぃっ！　おにぃちゃん、げんき！　うれしぃ、です！」

「ゆぅくんも！　うれちぃ！」

そう言って手を取り合い、その場でぴょんぴょんと跳ねる二人を見て、オリビアは一層目尻を下げた。

「あらあら。二人とも、転ばないようにね？　それと、トーマスとカーターくんの傍を離れないように。おばあちゃんと約束できる？」

「はぃ！　できます！」

「ゆぅくんも！　できりゅ！」

「じゃあ、お兄ちゃんがお家《うち》に帰ってきたら、おばあちゃんにも紹介してね？　楽しみに待ってるから」

「うん！」

オリビアは足が悪いため、家で料理を作って待っているという。本当はたくさん食べさせてやりたいが、ユイトの体調が万全になったら改めてご馳走を作ると張り切っている。

オリビアの作るミートパイは絶品だからな。オレも楽しみだ。

「今日は悪いな、カーター。わざわざ付き合ってもらって」

「いえいえ！　ユイトくん、目を覚ましたと聞いて安心しました！」

万が一、途中でユイトの体調が悪くなった場合のために、カーターには付いてきてもらうことにした。ハルトとユウマのことを連れて帰ってもらうためだ。

二人とも、カーターのことは馬車に乗せてくれた優しいおじさんだと思っている。

おじさんと言われ、カーターは少しショックを受けていたが……。

「店があるのにすまないな。助かるよ」

「トーマスさんと私の仲じゃないですか～！　店番は父たちがやってくれますので、安心してください！」

そんなに気にしないでください、と笑顔で言い切るカーターは、本当に良いやつだなと思う。

オリビアにカーターの家の分もミートパイを焼いてもらおう。

そう考えながら歩いていると、ハルトとユウマが道行く人たちに挨拶していた。

皆、にこりと挨拶を返してくれる。おしゃべり好きなエリザから伝わっているのだろう。昨日のうちに、近所に住む者は大方顔見知りになっていた。

うん、今日もうちの子は可愛い。


「おにぃちゃん！　おむかぇ、きたよー！」

「にぃに～！」

診察中のカーティスとの挨拶もそこそこに、二人はパタパタとユイトの病室に向かっていた。

「こ～ら、ハルト？　ユウマ？　走ったら危ないよ？　僕以外にも寝ている人がいるんだから、大人しくしないとダメだよ？」

「うぅ、ごめんなさぃ……」

「ごめんなちゃぃ……」

病室に着くと、既に起きていたユイトに注意され、二人は家を出る前のはしゃぎっぷりが嘘のようにシュンと肩を落とす。

「ふふっ！　ハルト、ユウマ、会いたかったよ！」

「――っ！　ぼくもっ！」

「ゆぅくんも～！」

ユイトにぎゅうっと抱きしめられて、二人はきゃっきゃと大喜びだ。

周りにいる見習いや患者たちも、どこか微笑ましいものを見ているように雰囲気が和らいだ気がする。

「あれ～？　なんだかここだけ、別世界のような気がするよ……」

そう言ってまた、くたびれた様子のカーティスが病室に入ってきた。

「カーティス先生、今回は世話になった。感謝するよ」

礼をするオレを見て、ユイトも慌てて頭を下げる。

「はい。次は来なくてもいいように、ちゃんと食べて、よく動いて、たくさん寝てくださ～い！」

「はい！　気を付けます！」

そんなオレたちの様子を見て、ハルトとユウマがなぜか姿勢を正した。

「せんせ、ありがと、ござぃました！」

「しぇんしぇ、ありぁとごじゃぃまちた！」

キョトンとした顔でぱちぱちと二度瞬きをした後、カーティスの表情がデレッと崩れ去る。

「……はぁ～～っっ……！　今日もかわいいねぇ～～～……！」

助手のコナーや見習いたちが呆れたような目で見守る中、カーティスは思う存分ハルトとユウマを撫でて満足したらしく、颯爽と仕事に戻っていった。何かが回復したようで何よりだ。

「ユイトさん。次からはムリのないように、ちゃんと食べてくださいね？」

「はい、気を付けます。コナーさん、お世話になりました」

コナーはユイトの言葉に頷くと、そのままユイトに引っ付いている二人に目線を合わせて膝を折る。

「君たちも、お兄さんがちゃんと食べているか、見張っててね？」

「はぃ！　ぼく、ちゃんと、みます！」

「ゆぅくんも！　みりゅよ！」

「おぉ！　これは頼もしい……！　お願いしますね！」

そう言ってコナーはハルトとユウマに食事の監視役を頼んだようで、二人は頼られたせいかフンスフンスと鼻を膨らませ、やる気を漲《みなぎ》らせていた。

子どもをその気にさせるのが上手いな……。オレも見習わねばならない。

挨拶を終え、カーティスの診療所を出たところでハッとユイトが青ざめた。

どこか気分でも悪くなったのかと心配したが、訊くと治療の代金を払っていないという。昨日のうちに支払ったと伝えると、今度は働いて返すと慌て始めた。必要ないと言っても納得せず、結局ユイトが働いて、少しずつだが返していくということになった。

まぁ、一緒に暮らすんだから、そんなに急がずのんびりでいいと頭を撫でると、ユイトは照れたようにはにかんだ。

「トーマスさ～ん……！　ユウマくん、寝ちゃいましたよ～……！」

ユウマは兄に会えると朝早くからはしゃいでいたせいか、カーターの腕の中でぐっすりと寝入っていた。ユイトと手を繋ぐハルトも、歩きながらウトウトと少し眠そうだ。

「ユイト、ハルトも寝そうだ。ハルト、抱っこしてやろう。こっちへおいで」

「んぅ～、だっこ……」

「ほら。家に着いたら教えるから、寝てていいぞ」

「はぁぃ……」

むにゃむにゃと言いながら、ハルトもオレに寄り掛かりすぐに寝てしまった。

それを見て、カーターはユウマを起こさないように小声でユイトに話しかける。

「トーマスさんが、ちゃんとおじいちゃんしてますね……！　これは村のみんな、見たら絶対ビックリしますよ……！」

「え？　そうなんですか？」

「はい……！　トーマスさんは元々Aランクの冒険者ですから……！　組んでいたパーティの皆さんもそうですが、昔はすっごくオーラがあって、なんだか近寄りがたくて……！　怖いけど、みんなの憧れでした……！　あっ、いまでもすっごく強いですよ！　よくギルドの依頼で魔物とか倒してますからね……！　この村の高級な魔物の肉は、大体トーマスさんが狩ってきます……！」

そう言ってヒソヒソ話していると、先を歩くトーマスが振り返り、カーターの額を指で軽くコツンと叩く。

「こら、無駄話は終わりだ。オリビアが待っているから早く帰るぞ」

「わわっ、すみません……！」

そんなやり取りをしていると、ユイトがキラキラした目でトーマスを見ていた。横で見ていたカーターは、その目を知っている。なんせ、昔の自分や友人たちもそうだったからだ。

「トーマスさんって、冒険者、なんですか……？」

「ん？　……あぁ、言ってなかったがそうだよ。今はBランクに下がってしまったが……」

「……す、スゴイ……っ！　冒険者だなんて……っ！　カッコいいですっ!!」

「おいおい、ユイト……！　声が大きい……！」

興奮しきりに自分を褒めるユイトに、トーマスも満更でもなく耳が赤くなっている。

……が、ユイトの声で寝ていた二人は案の定起きてしまった。起きてすぐは愚図っていたが、トーマスが冒険者だと知るや否や、幼子二人も「おじぃちゃん、すごぉい！」「かっこいぃ！」と興奮気味だ。トーマスの顔は、嬉しいのか照れているのか、見事に真っ赤になっている。

（あのトーマスさんが……！　オモシロい……！）

そしてこの出来事も、カーターがエリザにポロッと話したせいで、明日には村中に知られることとなるのだった。

第三章

新しい生活

「おかえりなさい！」

トーマスさんの家に着くと同時に、奥さんのオリビアさんが笑顔で迎えてくれた。

とっても優しそうな人で、内心ホッとする。軽く自己紹介だけすると、トーマスさんが「ほら、遠慮しないで入りなさい」と、背中を押してくれた。

ユウマははしゃぎ疲れたのか、抱っこがカーターさんからトーマスさんに代わっても全く起きなかった。冒険者って聞いたらはしゃいじゃうよね、しょうがないよ。僕もはしゃいじゃったし……。

「さぁさぁ、疲れたでしょう？　ご飯はもうすぐできるから、先に体を拭いてらっしゃい。着替えは明日一緒に買いに行くから、今日はこの服を着てね」

「はい、ありがとうございます。今日からお世話になります」

「ふふっ、こちらこそよろしくね。こんなに賑やかなのは何年振りかしら～！」

そう言って、オリビアさんは僕に替えの服とタオルを手渡した。案内されたのは洗面所。扉を開けると、洗面台の前に小さな椅子と、お湯を張った少し大きめの木の桶が置いてあった。上の服を脱ぎ、ホカホカと湯気を立てるお湯の中へそろりと指先を浸けてみる。その指先から熱が伝わり、ゆるりと緊張が解けていくのが分かった。

どうやらこの世界のお風呂という物は、増えてきてはいるけど、まだあまり一般的ではないらしい。診療所では桶に沸かしたお湯を入れて、絞った布かタオルで患者さんの体や髪を拭いているのを見た。僕もコナーさんに髪と体を拭いてもらったし、カーティス先生には、もう少し暑くなれば近くの小さな湖に行って、水浴びもできると教えてもらった。

大きな街に行けば、共同浴場があるみたいだけど……。銭湯みたいなところかな？

あっちの世界にいたのは蒸し暑い夏の時期だったのに、診療所で見たカレンダーは日付が違った。同じ月日の数え方だったし、もしこの世界にも四季があるなら、少しだけ季節がズレているようだ。

そういえば、診療所では僕と同じくらいの子どもも働いていた。こっちでは学校とかどうなってるんだろう？　言葉も分かるし、文字も読める。それに、塗ってくれた薬のおかげで、痣もほとんど治っていた。不思議だなぁ……。

そんなことを考えながらタオルで体を拭いていると、扉が開く音がした。

「おにぃちゃん」

「あれ？　ハルト、どうしたの？」

振り返ると、ハルトが扉の陰からこちらを覗いている。いつの間にか僕の後ろをついて来ていたようだ。

「……ぼく、せなか、ごしごし、します！」

「わぁ、ホントに？　ありがとう！　じゃあ、お願いしようかな」

「うん！　まかせて！」

絞ったタオルをハルトに手渡し、くるりと背中を向けた。小さな手で「よいしょ、よいしょ」と拭いてくれる。

こっちの世界に来る前は、ずっと父親の顔色を窺ってばかりで、こんな穏やかな気持ちになれるなんて思わなかった。女神様に感謝しないとな……。

ふと視線を感じ後ろを振り返ると、トーマスさんとオリビアさんが涙を拭って、よかったよかったと抱きしめ合っていた。二人は仲良しなんだなぁ。

……この人たちにもいつか、恩返しができたらいいんだけど……。

そんなことを考えながら貰った服に着替えていると、扉の向こうから泣き声が響いてきた。

どうやらユウマが目覚めたらしく、「にぃに」と泣いて僕を探しているようだった。慌てて部屋に向かうと、泣きじゃくるユウマがオリビアさんの腕から離れ、こちらに駆けてくる。

「……ック、にぃにッ、もぅ、どっかいっちゃぅの、やぁッ」

僕の足にぎゅうっとしがみつき、ユウマの可愛らしい瞳からポロポロと涙が溢れている。

その小さい体を抱き上げて、背中をポンポンとあやすようにたたいてやる。

「ごめんね、ユウマ。もうにぃに、どこかに行ったりしないからね」

「……うぅ、ほんちょ……？」

僕の肩に顔を埋め、ぐすぐすと泣くユウマを抱えなおし、おでこをくっつけて視線を合わせる。

「うん、本当だよ。これからは、ユウマとハルトがいやって言うまで、一緒にいるからね」

「ゆぅくん、やじゃないもん！」

「おにぃちゃん、ぼくも！　ぼくも、やじゃないぃ！」

ハルトまで僕の足にしがみ付き、頭をぐりぐりと押し付けている。

あ〜ぁ、髪の毛ぐしゃぐしゃだな、なんて考えながらしゃがみ、ハルトのこともぎゅうっと抱きしめてやる。

あぁ、弟たちと一緒にいられるって幸せだなぁ、……と浸っていたら、また視線を感じた。

「うぅ……っ、よかった……！　ほんとに……ッ、うぅっ！」

オリビアさんがまた、トーマスさんに寄りかかって泣いていた。

トーマスさんもオリビアさんの肩を抱きながら、目頭を押さえ何かに耐えているようだ。

ふふっ！　それを見て、思わず笑ってしまった。

この人たちといたら、僕たち兄弟も幸せになれそうな気がする。

僕も頑張って、なにか仕事を探さなきゃ。

これからこんな幸せな日が、毎日続くといいな。


ようやくユウマが泣き止み、オリビアさんも落ち着いたところで、みんなでテーブルを囲む。

こっちに来てから口にしたのは、リューべっていう蕪《カブ》のスープだけだったからなぁ……。

今からすっごく楽しみだ。

テーブルに並んだのは、じゃが芋のポタージュとキャベツとトマトの卵炒め。南瓜《かぼちゃ》のミルク煮と、ふんわりしたロールパン。あとは、デザートにバナナが添えられている。

診療所でも思ったけど、どうやらこの世界の食材の名前は、僕が知っている物と少し違うらしい。

前にいた世界のいろいろな言語が入り混じっていて、真剣に覚えないと大変そうだ。

あと、ハルトとユウマも問題なく食べられるように、柔らかいもの中心に作られている。オリビアさん自慢のミートパイは、僕の体調が万全になってから改めてご馳走してくれるらしい。

いまから楽しみが増えちゃったな。

「ポタージュは熱いから気を付けてね？　パンはお代わりもあるわよ」

「ユウマはこっちに座りなさい」

「ん！」

ユウマは背が届かないためか、トーマスさんの膝の上。どうやらユウマ専用の椅子を買ってくれていたようなんだけど、トーマスさんの膝がいいらしい。そう教えてくれたトーマスさんの顔が、すごく嬉しそうだった。すっかり懐いているようで、トーマスさんを背もたれ代わりにしている……。ハルトは椅子にクッションを敷いて、お行儀よく座っていた。

「はい！　みんな、座ったわね？　ではどうぞ、召し上がれ」

「いただきます（まちゅ）！」

「い、ただきます……！」

こっちでも「いただきます」なんだ……。食材に感謝するのは同じらしい。

まずは湯気の立つ、パタータといううらしいじゃが芋のポタージュを、火傷しないように息を吹きかけ、そっと一口……。

「……ふわぁ～……！　オリビアさん、すっごくおいひぃですぅ……」

あまりの美味しさに喋り方が少しおかしくなった気がしたが、「あらよかった、安心したわ～」なんて、オリビアさんは気にしていないようだった。

「おにぃちゃん、これも、おぃしぃです！」

「……ん！　うわぁ……！　ホントだ！　甘くて美味しい～！」

「ちゃんと、たべて！　ぼく、みてます！」

ハルトはコナーさんにお願いされたせいで、僕がちゃんとご飯を食べているか見張っているらしい。鼻をフンスと膨らませて僕を見ているので、可愛くてつい笑ってしまう。

パタータのポタージュはとろみもあって、一口飲むと口の中で優しい味が蕩けるように広がっていく。徐々に徐々に、お腹から体全体にかけてじんわりと温まるのが分かる。

キュルビスという南瓜のミルク煮も、優しい甘味とホクホクとした食感がたまらない。ユウマに至っては、ロールパンをはむはむと口いっぱいに頬張っている。トーマスさんはユウマを膝に抱いて、口元についたパンくずを取ってくれている。

ホントにおじいちゃんと孫みたいだ。自然と笑みが浮かんでしまう。

にこにこしながら食事をしていると、不意にオリビアさんが僕にお願いがあると言い出した。

「ユイトくん、お仕事探すんでしょう？　もしよかったら、私のお店のお手伝いをしてもらえないかしら？」

「……お店、ですか？」

話を聞くと、オリビアさんは足を悪くしてから昼の間しかお店を開けていないらしく、近所の人や昔の知り合いにも、夜はお店を開けないのかと訊かれるらしい。日が沈んでからは簡単なつまみしか出していなかったが、娯楽の少ないこの村では、結構お客さんで賑わっていたそうだ。

はやく仕事を探して治療代を稼ごうとしていたんだけど、トーマスさんがオリビアさんに僕を雇ってみてはどうかと提案してくれたらしい。

「手伝いって、注文とか片付け全般ですよね？　やったことはないですけど……。でも、頑張ります！　僕でよければ、お手伝いさせてください！」

僕としても、お二人の役に立てるなら願ったり叶ったりだ！

「本当？　助かるわ～！　ここならハルトちゃんとユウマちゃんも、寂しくないものね？」

「おにぃちゃん、おばぁちゃんの、おてつだぃ？」

ハルトは小さく小首を傾げ、オリビアさんと僕の顔を交互に見つめる。

「そうよ～？　お店と繋がっているから、いつでも会えるわよ～！」

「ほんと？　あえるの、うれしぃです！」

「ゆぅくんも！　にぃにあぇりゅの、うれち！」

オリビアさんと弟たちがにこにこと話しているが、お店を手伝うにしてもオリビアさんの足も心配だよなぁ……。あ、そうだ。

「僕がオリビアさんのお店の料理や準備を覚えれば、店番ならできるかもしれない……！　そうすれば、オリビアさんにも安心して休んでもらえますもんね！」

そう矢継ぎ早に言えば、オリビアさんとトーマスさんは目を丸くして驚いていた。

「……なんて。……働いてもいないのに、何言ってるんでしょうね、僕……。恥ずかしいです……」

あぁ～……！　仕事もしたことないくせに、僕は本当に何を言ってるんだ……！

スプーンを置き、お二人の顔を見るのが気まずくて俯いてしまう。

「あら！　ユイトくん、違うのよ。私の心配をしてくれてるなんて思わなくって……！」

「……いぇ、すみません……。生意気なことを言って……」

オリビアさんはそう言ってくれてるけど、穴があったら入りたい……！

「ん～、そうだな……。ユイトに店のことを覚えてもらえれば、オレの心配も減るな」

「……え？」

その言葉に、思わず顔を上げてしまう。

「いや、ユイトは律儀にも治療代を返そうとしているだろう？　なんの仕事をするかも分からないし、ユイトはお人好しっぽいからな……。騙されないか心配だ。オリビアの足も雨の日なんかは特に辛そうにしているし、できれば店は休んでほしい。それにこの子たちも、ユイトがいないと心細いだろう？　この子たちが泣くとオレも泣きそうだ……。それがだ、オリビアの店でユイトが働いてくれれば、オレの悩みは全て解決される。どうだ？　良い案だと思うんだが？」

ふふん、と何故か胸を張るトーマスさんを見て、僕とオリビアさんは呆気にとられてしまう。

「なぁ、ハルト？　ユウマ？　おじいちゃんの考えはスゴイだろう？」

「うん！　じぃじ、しゅごぃ！」

「おじぃちゃん、すごぃ、です！」

二人して「すごい！　すごい！」と褒めてしまうものだから、トーマスさんは満面の笑みで頷いている。

それを見て、思わずオリビアさんと一緒に声を出して笑ってしまった。

「ふふっ！　ユイトくん、責任重大よ？」

「はい、頑張って働きます！　オリビアさん、よろしくお願いします！」

「こちらこそ、よろしくね！」

この世界に来て三日目。

僕は仕事と、やさしくてあったかい、頼れる人たちを手に入れた。

＊＊＊＊＊

今日は朝からみんなでお出掛け。ご近所さんに、僕たちのことをよろしくとご挨拶して回るらしい。

なんでも、オリビアさんのお店の食材を卸してくれているお店もあるので、その顔見せも兼ねているそうだ。そうだな。ここで第一印象が悪いと、トーマスさんとオリビアさんに迷惑がかかるからな……。シャキッとしないと！

きゃぁ～っと逃げ回るハルトとユウマを摑《つか》まえて、ぎゅ～っと抱きしめれば充電は完了だ！

少し緊張しつつも、一件目のお宅にご挨拶……、と思ったら、お隣はカーターさんのお宅だった。

内緒だけど、ちょっと拍子抜けしてしまう。

中から出てきたのはカーターさんの奥さんのアイラさん。一つ向こうの通りで、服や革製品を取り扱うお店を家族で経営しているそうだ。

「あなたがユイトくんね？　初めまして、カーターの妻のアイラです」

「は、初めまして！　トーマスさんの家でお世話になるユイトです！　あと弟のハルトと、ユウマです！　よろしくお願いします！」

「ふふ！　こちらこそ、よろしくお願いします。ハルトくんとユウマくんは、もうお話し、したもんね～？」

「ねぇ～！」

アイラさんとは二人の服を買いに行ったとき、すでに挨拶は済んでいたようで……。

実質、初対面なのは僕だけだった。「明るいうちは大体お店にいるから、困ったことがあれば旦那と私に気軽に相談してね」と言って、アイラさんはそのままお店に出勤して行った。

「このあとユイトくんの服も買いに行くから、カーターくんのお父さんたちにも挨拶しなきゃね」

「そうですね。昨日は忙しいのに、カーターさんをお借りしましたし……」

ただでさえ助けてもらった恩があるのに、わざわざ診療所にまで迎えに来てくれて……。

「あら？　ユイトくんは別に気にしなくてもいいのよ？　アイラちゃんも『どうぞ連れて行って～』って、快諾してくれたもの」

「そうだぞ？　あそこの家は女性が強いからな。特にカーターの母親は、店に入った強盗を素手で捕まえるくらいには強い」

「えぇ～……!?　それ聞いたら、ちょっと興味出てきました……」

「ハハ！　元冒険者だからな！　そこら辺の男よりはよっぽど戦えるぞ！」

そうなの……？　女の人も冒険者になれるんだ……。スゴイ……！

そこから肉屋をしているお話し好きなエリザさんと、寡黙な旦那さんのネッドさん。パン屋のジョナスさんにと、いろんな人に挨拶して回った。

たまたま休暇日だった衛兵のアイザックさんにも、僕は知らないうちにお世話になっていたみたいで……。「元気になってよかったなぁ」と、頭をガシガシ撫でてくれた。

髪はぐしゃぐしゃになったけど、アイザックさんもいい人みたいだ。

最初は緊張していたけど、ハルトとユウマのお兄ちゃんというのがすでに知られていたらしく、行く先々で「よかったわね」「ムリすんなよ」と、声を掛けられた。

そしてなぜか、両手では抱えきれないくらいの野菜やお肉を退院のお祝いとして貰ってしまった。

僕の腕のなかから落ちてコロコロと転がるオランジュ《オレンジ》の実を、ハルトが慌てて追いかける。

「……ユイト。さすがに一旦、家に置きに帰ろうか」

トーマスさんの腕にも、こんもりと山になった大量のお祝いの野菜が。

「ハハ、そうですね……。でも皆さん、優しくてホッとしました……」

——本当は、少し怖かった。どこから来たのかも分からない子どもを村に置くなんて、トーマスさんとオリビアさんが村の人から非難されるかもしれないって。

だから、こんなに優しくしてくれるなんて、想像もつかなかった……。

「ユイトたちは優しい性格をしているからな。歓迎されているんだよ」

「……だと、いいんですけど……」

「まぁ、半分以上は一日で噂を広めたエリザのおかげかもな」

「あ、そうかもしれないですね！　お礼しなきゃ！」

そう言って笑いながら、たくさんの頂き物を抱えなおし、来た道をもう一度戻ることにする。

戻るときにもまた果物をたくさん貰うなんて、誰も想像してなかったけどね？

優しい人たちがいるこの村で、兄弟三人で安心して暮らせるんだと思ったら、なぜだか少しだけ涙が出た。

ご近所さんに貰った大量の野菜や果物を家に置き、再度カーターさんのお店に向かうことになった。オリビアさんとユウマにはそのままお店に行ってもらったので、今頃は店内にいるはずだ。

オリビアさんの足が心配だけど、痛くなったりしてないかな……？

ハルトはお手伝いすると言って、転がったオランジュをそのまま両腕に抱えて「うんしょ、うんしょ」と家まで運んでくれた。

それを見た人たちから、また果物を追加で貰うとは、僕もトーマスさんも思ってもみなかった。

これは〝お祝い〟と称した、弟たちへの〝貢ぎ物〟なのかもしれない……。


遅れてカーターさんのお店にたどり着き、ホッと一息。

店内はゆったりと広めで、女性用の服や作業用のオーバーオールなど、多種多様な服がきれいに整理されて並んでいる。

トーマスさんはと言うと、ハルトと一緒に店の入り口にある長椅子で少し休むと言って座っていた。オリビアさんとユウマを探している途中で僕の目を惹いたのが、革鎧やローブ、ミトンなど店の一角にある冒険者用かな？　っていう小さいコーナー。

「おや？　いらっしゃい。それに興味あるのかい？」

そう言って声を掛けてくれたのは、赤毛を後ろにまとめたオリビアさんより少し若めの女の人で、僕が見上げるほど、背が高くてカッコいい……！

こういうのは武器屋で売っているんだけど、知り合いの商品だからこのお店にも置いているらしい。この村にも冒険者が立ち寄るから、たまに売れるんだって。

そんなことを聞きながら、僕は「合わせてみるかい？」と言われローブやマントを何着か羽織らせてもらった。ちょっと強そうに見えるかな？　こんなの着たこと無いから、ワクワクする……！

「あら！　ユイトくん、ここにいたのねー！　紹介するわ、マチルダ。この子がうちで暮らすことになったユイトくんよ」

僕の格好を見て、「似合ってるじゃない！」なんて笑いながら、オリビアさんは肩を抱き寄せてくれた。

「あぁ、やっぱり坊やがユイトかい？　挨拶が遅れたね。私がカーターの母親のマチルダだよ」

「えっと、はじめまして、ユイトです。あの、カーターさんにはすごくお世話になって……！」

なんて言いながら、僕はカーターさんと雰囲気が全く違うんだなと、マチルダさんを見つめてそんなことを考えていた。

「ハハハ！　そんな堅苦しいことはいいんだよ！　あのトーマスさんが可愛がってるって聞いたからどんな子かと思ったけど……。いやいや、兄弟揃って、エリザの言う通りホントに可愛いねぇ！」

笑いながら片手で握手をし、もう片方の手でバシバシと僕の背中を叩くマチルダさん。「よろしくね」と、ニカッと笑いかけてくる。

強盗を素手で捕まえる元冒険者って聞いていたけど、本人を見てすごく納得した。

僕も涙目になりながら、「よろしくお願いします」と、笑顔で答えた。

あと、「やっぱり」ってどういうことだろうと疑問だったんだけど、僕が珍しい黒髪だったからみたい。ハルトとユウマにそっくりだって。

あんまり思ったことないけど、そんなに似てるかなぁ？

その後、合流したオリビアさんと一緒に、店内の服を見て回る。ユウマがどこにも見当たらないと思っていたら、どういうわけかカウンターの奥でマチルダさんの旦那さんに膝抱っこしてもらっていた。仕事の邪魔にならないかと心配だったけど、旦那さんのアントンさんがにこにこしていたので大丈夫そうだと一安心。

「ユイトくん、どう？　こんなの似合うんじゃない？」

オリビアさんが僕の体に合わせた服は、少し大人びていて王都で流行りのものだそうだ。

カーターさんが仕入れてきた最新の服、らしい……。値段は分からないけど、他のより高そうな気がする……。

「オリビアさん、その子にはもっと動きやすい服のほうがいいんじゃないかい？」

汚したりしたらどうしようと困っていると、いつの間にかユウマを抱えたアントンさんが後ろに立っていた。

「そうかしら……。　でもこれも素敵じゃない？」

「確かに。この子なら、その服も誂《あつら》えたようにぴったりだ。でもこんな幼い子を抱っこしたりするんなら、もっと柔らかい丈夫な服のほうがいいだろうよ。仕事も手伝うんなら尚更な」

アントンさんはユウマを抱えながらオリビアさんの腕にある服を見つめ、「それにその服一枚で、ここら辺に並んでる服なら三、四枚買えるぞ？」と助け船を出してくれた。

オリビアさんも少し迷っているようだったので、今ならあの服を回避できるかもしれない！

「……ぼ、僕、この動きやすそうな服がいいです！」

今がチャンスとばかりに、僕はアントンさんがオススメしてくれた一角を指差した。

「そう？　う〜ん……。これも素敵だけど、そっちの方が色も多いし、確かに丈夫そうねぇ……」

「このズボンも生地はしっかりしとるが、膝の部分が柔らかいからしゃがんだりしやすいぞ」

「あら、それもいいわね？　じゃあ上はとりあえず五枚と〜、ズボンも三本買うわ」

「え！　そんなにたくさんですか!?」

「え？　洗い替えもいるし、当たり前じゃないの〜！　遠慮しなくてもいいの！」

結局あれから、アイボリー色のシャツとオリーブ色のズボンの他に、僕の下着類と動きやすい靴も選んでくれた。「仕事用にも買わなきゃ！」とハッとした顔で言われたけど、そこはまた今度と必死にお願いした。

アントンさんはずっとユウマを抱いてにこにこしていたが、この人はかなりデキる人だと思う……。助け船だと思った僕が間違いだったんだ。

なぜなら僕の両手には、オリビアさんが買う僕の服が、、、たくさん積まれているからね……！

会計をし、お互いにホクホク顔のオリビアさんとアントンさん。

お二人を見て、僕は一気に疲れてしまった……。いまなら、店の入り口でハルトと休憩しているトーマスさんの気持ちがよく分かる。

「今日もまた、スゴい量だな……」

店から出てきた僕たちを見て、トーマスさんが「お疲れ」と、肩をポンと叩いてくれた。

オリビアさんにお礼を言ったら、必要なものだから気にすることじゃないと言って笑っていた。

ハルトとユウマは、お店の外まで見送りに来てくれたアントンさんとマチルダさんに手を振っている。両手いっぱいの荷物を見て、朝のお祝いの野菜たちを思い出す。

家のテーブルに置いてきたから、帰ったら倍近くの量に増えた野菜たちを見て、オリビアさんとユウマはビックリするかな。

想像しながらふふっと笑うと、足元に来たハルトがまた「おてつだいする」と言って荷物を持とうとする。

「あ！　おにぃちゃん！　この、およぅふく、ぼくと、いっしょ！」

そう言ってハルトが覗き込んだのは、アイボリー色のシャツ。

ハルトとユウマの服と同じアイボリー色。「お揃いだね」と言うと、ふんふ～ん♪、と機嫌よさそうに鼻歌を口遊《くちずさ》みながらスキップしている。

あ～ぁ、これは絶対に途中で疲れちゃうぞと思っていたら、案の定、途中でトーマスさんに抱っこされていた。

明日からはこれを着て、オリビアさんのお店のことを教えてもらうんだ！

そう思うと、僕はワクワクと緊張で、明日が楽しみで仕方なかった。

＊＊＊＊

昨日は家に帰ってからが大変だった。

テーブルの上に置かれた山盛りの野菜と果物とお肉にオリビアさんが驚き、ユウマは果物があることに興奮して飛び跳ねて転ぶし、お揃いのアイボリー色の服に着替えてとハルトとユウマが騒ぎ、着替えたら着替えたでオリビアさんがまた泣くし……。

トーマスさんと二人、無言で視線を交わしたよ……。

「じゃあ早速、お店の準備から閉店までの流れを、簡単に説明するわね」

「はい！　よろしくお願いします！」

「ふふっ、そんなに緊張しなくても大丈夫よ！」

「うぅ～、ガンバリマス……！」

オリビアさんのお店の開店前の準備は、

・朝、その日使う分の牛乳や卵、お肉に野菜などを村の商店で購入する。

・戻ったら、その日購入した品でメニューと値段を決める。

・食材の仕込み（皮むきや下茹でなど）

・釣銭の準備

・店の外と店内のテーブルや床を軽く掃除

他にも細かいことはあるが、慣れてからまた教えてくれるそうだ。頑張って覚えよう！

以前は日が暮れても営業していたらしいんだけど、足の調子が悪くなってからはお昼だけしか開けていないんだって。契約していた農家さんや牧場の人たちに断り、それぞれのお店まで買いに行くそうだ。配達しようかと言われたけど、いつ休むか分からないからって。

そして開店したらお客さんを席に案内し、注文を受け、あとは配膳と片付けの繰り返し。

閉店したら店の外と店内の掃除、キッチンの片付けと売上金の確認。以前は翌日の仕込みもしていたけど、いまはほとんど必要ないとも言っていた。

「お店を開けるまで、まだ数日あるし……。買い物はまだ行かなくてもいいから～……。そうね、先に料理も覚えちゃいましょうか！　それじゃあ、キッチンの使い方を教えていくわね～！」

楽しそうにルンルンとキッチンの中へ入るオリビアさんに続いて、僕も緊張しながら歩を進める。

「これがお肉用の冷蔵庫、こっちが仕込んだ野菜や牛乳用ね。小麦粉や調味料のストックなんかは、この棚にまとめてるわ。コンロはこの魔石を軽く押せば火が出るから。火力はこのつまみをひねって調整してね。あとは～……」

おぉ……！　家の中のランプがコンセントもないのに灯っていて、電気やガスのない世界なのかなと思っていたんだけど……。

どうやらこの世界には《魔石》っていう不思議な石があるらしく、見た感じコンロや冷蔵庫、オーブンなんかも、大小問わず全て動力は魔石で賄っているようだ。

オリビアさんには少し不思議そうな顔をされたけど、笑って誤魔化しておいた……。

水の魔石もあるけど他の物より少し高額で、村の人たちでお金を出し合って、この村の飲み水専用の魔石を購入したらしい。各家庭に水道管が繋げてあるから、使う時はその蛇口をひねるだけ。

魔石の効力も無限ではないから、洗顔や体を拭くときは、節約のために井戸の水を使用するのがほとんどなんだって。なるほどな。

僕たちも増えたから、「色々改築しようかしら」と、オリビアさんは呟いていた。それは止《や》めてくださいと、慌てて止めたけど。

そしてオリビアさんが楽しそうに教えてくれるが、ここで爆弾発言をする。

「今日から営業再開までの間、食事はユイトくん中心に作ってもらうから！　頑張ってね！」

「……えっ!?」

朝食から夕食まで、僕が……？　オリビアさんは「失敗しても大丈夫よ～！　私とトーマスが食べちゃうから！」なんて笑顔でサラッと言うし、店と家とを繋ぐ出入り口でいつの間にかハルトとユウマも覗いていて、「おにぃちゃんのごはん～！」なんてはしゃいでいるし……！

……これは絶対、失敗できないやつだ～……！


「まずはお店でよく出すメニューを教えるわね」

「はい！　よろしくお願いします！」

昨日、ご近所さんたちに貰った野菜がたくさんあるから、今回はまずその食材を使おうと比較的よくメニューに使われるパターの料理をメインに教えてもらうことになった、……んだけど……。

「や、です！　ぼくも、ここで、おぅえん、します！」

「じぃじ、やぁ～！　ゆぅくんあっち、いかにゃぃの～！」

……二人の「いやだ、いやだ」の大合唱。困ったなぁ……。

いてもいいけど僕もまだ慣れてないし、火も刃物も使うから危ないんだよなぁ……。

オリビアさんに一言断って、家のリビングに行って落ち着くまで一緒にいようかな……。

「こ～ら！　ユイトがちゃんと覚えるのに、二人がいたら遊びたくなって困るだろう？」

……なんて思っていると、トーマスさんが二人を抱え、いきなりこんなことを言い出した。

え？　僕が遊ぶの？

「……おにぃちゃん、あそびたく、なる？」

「そうだ。ユイトは二人が大好きだからな」

「……にぃに、はるくんとゆぅくん、だぃちゅきなの？」

「そうだぞ。な、ユイト？」

チラチラッと、僕に目で合図を送るトーマスさん。……え？　そういうこと……？

「……そうだなぁ～！　二人がいたら、お兄ちゃん遊びたくなって覚えられないかも……！　どうしよう～？　こまっちゃったなぁ～～～！」

「ぐふぅっ……！」

堪え切れていないお二人の声が聞こえてきた。……オリビアさん、笑いたかったら笑っていいんですよ？　……トーマスさん、あなたが話を振ったのに、肩が震えてます……。

だけど、こんな下手くそな演技にも可愛い弟二人は騙されてくれたらしく、「がんばってね」と、手を振って大人しくトーマスさんに連れて行かれた。

……うん！　お兄ちゃん、頑張るよ……！

オリビアさんの震えが治まったところで、気を取り直して調理を開始！

何種類か作るので、まずはパタータをよく洗い、茹でる用と炒める用に取り分ける。

茹でるときは皮を剝いたほうが短時間で済むけど、仕上がりが水っぽくなってしまうから、皮付きのまま丸ごと茹でるほうが美味しいそうだ。

大きめの鍋にパタータを並べ、かぶるくらいの水を入れる。

これは少し時間がかかるので、先に火にかけて茹でる間に他の料理に取り掛かる。コンロの魔石に触れるときは、少しワクワクした。

◎一品目『ブラートパタータ』
簡単に言うと、じゃが芋とベーコンの炒め物。

パタータを角切りにし、オニオン《たまねぎ》とベーコンと一緒によく炒めて完成。食欲をそそるいい匂い〜！

塩・胡椒・砂糖は、他の国よりもマシだけど少し値が張るので、ベーコンに使われている塩分だけで十分だという。

◎二品目『ホッペルポッペル』
これはすごく簡単。フライパンで、さっき作ったブラートパタータに少量の牛乳を混ぜて、溶いた卵液を注いで軽く混ぜ合わせて焼くだけ。具だくさんのオムレツっていうカンジ。

◎三品目『マッシュパタータ』
茹でたパタータの皮を剝いて潰し、バターと牛乳を混ぜ合わせて裏ごしし、滑らかになったら完成。

これは絶対、ハルトとユウマが好きなやつだ……！

三品作ったところで、ちょうど昼食の時間。

今日はみんなで、お店のテーブル席で食べることになった。パタータばっかりだとバランスが悪いから、トマトとレティス《レタス》、グルケ《きゆうり》のサラダも添える。

ハルトとユウマは並んだ料理を見て目を輝かせているし、トーマスさんもオリビアさんもよく頑張ったなって顔してる……。うん、ちょっと恥ずかしい……。

「えっと、今日は僕が作りました……！　ちょっと心配だけど、どうぞ、お召し上がりください！」

「いただきます（まちゅ）！」

みんなが一斉に頬張るのを、僕はフォークを手に持って、緊張しながら窺う。

「んん～！　おにぃちゃん、これ、おぃしぃ、です！」

「ゆぅくんも！　こぇちゅき！」

二人が美味しいと言ったのは、予想通りマッシュパタータ。

こっちの世界の食材は、日本のものより味と旨みがしっかりしている気がする。パタータは日本でいうじゃが芋だけど、さつま芋に近い甘味があって、かなり美味しい。あ、じゃがバター食べたいな。今度作っていいか訊いてみよう。

「コレも玉子がふんわりしてて、絶品よ～！」

「こっちは酒が欲しくなるな。旨い」

オリビアさんは、ホッペルポッペルをパクパク食べて褒めてくれる。トーマスさんも、いつもオリビアさんの美味しい料理を食べているのに、僕の作ったブラートパタータをお代わりしてくれた。

僕は、嬉しいのと照れくさい気持ちがごちゃ混ぜになって、黙々とサラダを頬張っていた。

いつかこの人たちに、僕の故郷の味を食べてもらいたいなという、密かな『目標』ができた。

「すまないが明日、ギルドに行ってくるよ」

昼食を食べ終わり、片付けも一段落ついたところで、ユウマを膝に抱えたトーマスさんが切り出した。オリビアさんも「分かったわ」と頷いていたが、僕は〝ギルド〟が何なのか分からない。

「あの……、ギルド？　って、なんですか？」

「ん？　ユイトは知らないか？」

「はい。初めて、聞きました……」

「そうか」

するとトーマスさんが、ふむ、と顎鬚を擦り、僕に説明してくれた。

「オレが行くのは冒険者ギルドと言って、魔物や魔獣の討伐、薬草の採取に護衛。他にも荷運びや、あとは……。そうだな、掃除や皿洗いなんかもあるな。要は、オレみたいなヤツが仕事の依頼を受ける場所だな」

「皿洗いもあるんですか？」

危険な事ばっかりかと思ったけど、意外過ぎてビックリだ。

「あぁ。新入りの時は、なるべくランクを上げるために雑用でも何でもやったんだ。依頼を受けると期限があるから、なるべく多くの依頼をこなしていたな……。失敗すると罰金だがな」

冒険者というのは、小さい頃にアニメや漫画で見た記憶があった。

ただただカッコいいと思っていたんだけど、そうか、仕事だもんな……。

他にも興味があっていろいろ話を訊くと、冒険者は成人を迎えたら誰でも登録ができるらしく、身分証代わりに登録する人も多いんだとか。

依頼はランクによって制限されていて、納期を過ぎたり、失敗したら罰金。何度も依頼の期限が過ぎたり失敗したりすると降格。最悪の場合は、借金奴隷にならないといけないらしい……。この世界には奴隷なんてあるのかと怖くなった。まぁ、借金を返せたら解放されるみたいなんだけど。

あと、この世界の成人は十五歳と聞いてビックリ！

冬が来たら十五歳になるし、もしかしたら僕でも登録できるのかな……。

「その冒険者ギルドは、この村にあるんですか？」

「いや、隣の街にあるんだよ。歩くと少し時間が掛かるが、乗合馬車だと割とすぐに着くくらいの距離だ。指名依頼が入ったらしいから、明日行って確認してくるよ」

僕はもう少し聞きたかったんだけど、ユウマが眠いと愚図りだし、トーマスさんがユウマと一緒にハルトも昼寝させてくると言ってこの話は終了した。

「ユイトくんは、冒険者に興味があるの？」

そう言って、オリビアさんが切ったオランジュを持ってきてくれた。甘酸っぱくて爽やかな柑橘の香りが、気分をすっきりさせてくれる。

「知り合いに冒険者っていう人がいなかったので、いろいろ訊きたくなっちゃって……！　でも、失敗したら罰金があるというのは知らなかったです……」

「そうね。人に感謝されたり、ランクが上がって報酬も上がったり、夢があるんだけど……。実際はとても厳しい仕事なのよ。傷だって絶えないし、手足を失うかもしれない。最悪の場合は、戦って死んでしまうこともあるの……」

手を握り締めながら、「いつも無事で帰ってくるか心配なのよ」と、目を伏せたオリビアさんの横顔がとても悲しそうで、僕は上手く声を掛けられなかった。


その後はまた、オリビアさんにお店のメニューのことやお金のこと、生ゴミの処理のことなどを教えてもらって時間が過ぎていった。

ゴミは村の区域ごとに決められた場所に捨てて、そこで処理できない物はこの村で飼育しているスライムが処理してくれるらしい。あと、トイレもそうなんだって！

スライムは雑食で、何でも自身の養分にして処理してくれるからかなり重宝されているらしい。見たことないけど、すごいな、スライム。でも、野生のスライムは高ランクのモノもいて危ないから、見かけたら近付かないようにって。見た目はプルプルしていて、触りたくなるらしい。

あ、そういえば。訊いてみたいことがあったんだ。

「オリビアさん、〝魔石〟っていうのはどこから出てくるんですか？」

電気もガスもない世界でこうやって便利に暮らせるのは、あの魔石があるからだよね？

でも、どうやって作っているんだろうと不思議に思ってたんだ。

「魔石？　魔石鉱とかダンジョンね～。魔石鉱はその領地の領主さまに管理されているから勝手には持ち出せないの。大事な収入源だもの。だけど、ダンジョンでドロップ品として出たなら売買は自由よ？　あと《魔核》っていうのもあって、ダンジョン内でランクの高い魔物を倒したらたまにドロップ品として採れるんだけど、こっちの方が効果は強いわね～。長持ちするし、とっても便利よ？」

「便利？」

「そう！　だってこの家と店内、外と違ってとっても涼しくて快適でしょ？」

「……え!?　これ、魔核なんですか!?」

「えぇ、そうよ？」

「魔核って魔物から採れるんですよね!?　あ、トーマスさんが倒したモノですか!?」

「ふふ！　わ・た・し！」

「え？」

「私が倒したの～。元冒険者だもの！　かなり昔だけどね？」

頬杖をつき、「あ、冬は暖かくていいのよ～」なんてウインクしながら微笑むオリビアさんに、僕は驚きすぎて声も出なかった。


オリビアさんから衝撃の事実を聞き、まだどこか頭が追い付かない状態の僕だったが、ふと外を見ると西日が照っている。

お店が再開するまでは、僕がみんなの食事を練習がてら作ることになっていたので、ここで気合を入れ直す。

お昼がパターメインのメニューばかりだったので、「夜は少し軽めにしましょう」と、トマトとソーヤ《大豆》、チックピー《ひよこ豆》、あとは鶏肉？　のスープ、マイスとアスパラゴ《とうもろこし》《アスパラガス》のバター炒めの二品になった。

お昼に余ったオニオンも、今回みじん切りにして使用する。

スープはガーリク《にんにく》を先に炒めるんだけど、ハルトとユウマがいるから今回は使わないでいいらしい。

鍋にオリーブ油《オイル》を引き、オニオンと鶏肉を炒め、トマトとソーヤ、チックピー、そこに牛乳を入れてひと煮立ち。煮立ったら弱火にして、ほんの少～しだけ塩を振って味を調整。

皿に盛り、パセリをかけて完成！

美味しそうにできたけど、鶏肉だと思っていたのは、実は鳥の魔物の肉だった……。味見だと言って食べさせてもらったけど、身が柔らかくて、脂も甘くて、もの凄く美味しかった……！

バター炒めは、アスパラゴを下茹でし斜め切り。マイスは皮を剝いてかるく水洗いし、ケガをしないように気を付けながら包丁で実を削ぎ落とす。

あとはすごく簡単。バターを熱して、マイスとアスパラゴを炒めるだけ。

これも絶対に弟たちが喜ぶ味だ。アスパラゴは僕の知っているアスパラガスと違って、倍くらい大きくて太い。今日使ったのは緑色だけど、春に収穫される白いアスパラゴっていうのもあって、それもすごく美味しいそうだ。

オリビアさんが「来年の春に一緒に食べよう」と言ってくれた。

店内に、美味しそうなバターの甘くて香ばしい匂いが充満している。この匂いを嗅ぐと、誰でもお腹が空くと思う……。しばらくは練習がてらお店で食べることになったので、人数分の食器と弟たち用の牛乳をテーブルにセッティング。

トーマスさんにはこの量だと物足りないかもしれないので、パンも添えておいた。

「いぃにお～ぃ！」

「おなか、すきました！」

ほら。匂いを嗅ぎつけて、ハルトとユウマがパタパタとやって来た。後ろから遅れてトーマスさんもやって来る。

みんなが席に着いたのを確認して、

「お待たせしました！　どうぞ、お召し上がりください！」

「いただきます（まちゅ）！」

ハルトとユウマが、小さなスプーンでパクリと頬張る。

「んん～！　おにぃちゃん、これ、おぃしー！」

「ゆぅくんも！　こぇちゅき！」

どうやら僕の読み通り。なんだかお昼も聞いたセリフだな、と笑いながら、ハルトのほっぺについた食べかすを拭ってやる。

ハルトとユウマは『マイスとアスパラゴのバター炒め』がたいそう気に入ったようだ。また食べたいと早速おねだり。まだ食べている途中なのにと、つい笑ってしまった。

ユウマはトーマスさんにコップを支えてもらいながら、こくこくと牛乳を美味しそうに飲んでいる。ぷはぁ〜っと息を吐くユウマの口元には、薄っすらと白いひげができていて、それを見てみんなで笑い、ユウマもみんなが笑顔なので、ご機嫌でトーマスさん用に添えたパンまで食べている。あ、と注意しようと思ったけど、オリビアさんがお代わり用にパンを追加してくれ、トーマスさんも笑っていたので何も言わずにおいた。

この人たちはきっと、良い人過ぎるんだと思う。

たった数日しか過ごしていないのに、もう本当のおじいちゃんとおばあちゃんみたいで、つい僕たちは甘えてしまう。

はやく役に立てるようになりたいな、と思いつつ……。

心の隅で、もう少しだけこの優しいお二人に甘えていたいなと考えてしまうのは、誰にも言えない、僕だけの〝秘密〟だ。

第四章

サンドイッチとユイトの異変

「それじゃあ、行ってくるよ。帰りはいつになるか分からないから、オレの飯は用意しなくていいぞ」

「わかりました。トーマスさん、よかったらコレ、お昼にでも食べてください」

今朝はトーマスさんが冒険者ギルドに向かうため、僕はいつもより少し早起きしてお弁当を作っていた。オリビアさんはまだ寝ているけど、昨夜のうちにちゃんと許可を貰ったから問題ない。

「これは？」

「ギルドは隣の街にあるって聞いたけど、お腹が空いたらいけないなと思って。中身はサンドイッチなんですけど……」

サンドイッチの種類は、全部で三つ。

ライ麦パンにレティスとトマト、ベーコン。それに茹で卵を挟んだシンプルなもの。マヨネーズかタルタルソースがあればよかったんだけど、これでも十分美味しいと思う。

もう一つはライ麦パンにレティスと焼いた鶏肉、チーズを挟んでみた。これは昨日の味見で食べた、焼いただけのお肉がすっごく美味しかったから。これも照り焼きソースがあればもっと美味しくなるはずだ。

最後の一つは、でっかく焼いたふわふわの玉子焼きを丸々挟んだ玉子サンド。塩と胡椒を使いたいけど、少し高いって聞いたから今回は断念。玉子焼きの切れ端を味見したけど、味が濃厚でビックリ。素材の味って大事だと確信した。これにはトマトソースを薄〜く塗って。

ロールパンがあればそれを使いたかったけど、昨日ユウマが食べてしまったから仕方ない。パン、大好きだからね。足りないといけないからと各種類を三つずつ作ったものの、一つずつが大きいから、さすがにちょっと多かったかも……。

サンドイッチは、母の代わりに家事をしていたときに、よく余りものの野菜を挟んで作っていた。あの時はライ麦パンじゃなくて食パンだったな、と懐かしく感じる。

「こんなに作ってくれたのか！　ありがとう、大事に食べるよ」

「えへへ。多めに作ったんで、帰ってきたら感想聞かせてください」

「わかった、昼が楽しみだ。行ってくるよ」

「はい、行ってらっしゃい！　お気を付けて」

トーマスさんは大事そうにお弁当を抱え、ギルドへと向かった。サンドイッチを食べるためにお腹を空かせたいからと、隣街まで徒歩で向かうとも言っていた。

そんなに期待されると、緊張しちゃうんだけどな……。だけど、嬉しそうな表情を浮かべるトーマスさんに、僕は何も言えなかった。サンドイッチ、気に入ってもらえるといいんだけど……。

時間もあるし、オリビアさんたちが起きてくる前に、僕もお店の掃除しちゃおうかな。

今日は朝食の後に、オリビアさんと一緒にお店の食材を買いに行く予定だ。

卵と牛乳が無くなりそうだから、「練習にちょうどいいわね」って。ハルトとユウマはおりこうにするっていう約束をして、一緒に連れて行くことになった。

本当は僕一人で行ければいいんだけど、まだちゃんと店の場所を覚えてないし、お金の種類が違うから不安なんだよなぁ……。

まだまだたくさん覚えないといけないから、頑張らないと。


「ふぅ……！　これくらいかな？」

店の掃除がきり良く終わったところで、オリビアさんたちが起きてきた。いつの間にか、店内にも朝日が射し込んでとても明るい。

「おはよう、ユイトくん。あら、朝食も作ってくれたの!?　ありがとう～！」

「おはようございます、オリビアさん。昨日の使いかけがあったんで、先に使っちゃいました」

「いいわよ！　とっても美味しそう！　早く食べたいわ～！」

「ふふ、ありがとうございます。準備しておきますね」

あんなに嬉しそうにしてくれると、こっちも嬉しくなっちゃうな。

「おにぃちゃん、おはよ……」

「にぃに！　おはよー！」

「二人ともおはよう。ご飯できてるから、顔拭いておいで」

「はぁーい」

ハルトはまだ眠そうだけど、ユウマは買い物に行くからか目がパッチリ冴えているようだ。二人とも寝癖がぴょんとはねていて可愛らしい。

朝食は、トーマスさんの分と一緒に作っておいたサンドイッチ。

種類は一緒だけど、食べやすいように一口サイズに切り分けてある。あと、それとは別に生クリームも見つけたので、ホイップにしてデザート感覚で食べられるように、バナナとオランジュのフルーツサンドも用意した。

「んん〜!? これ、すっごく美味しいわ！」

「おにぃちゃん、たまごの、もいっこ、たべたぃです！」

「にぃに〜！ ゆぅくん、ふるちゅちゃんど！」

「はいはい。みんな、落ち着いて食べてください」

なにやら好評のようで一安心。特にオリビアさんはまだ食べ足りない様子だったので、急遽追加で作ったがそれもペロリと食べてしまった。こんなに食べる人だったたっけ……？

まぁ、美味しいならいっか。牛乳を飲み終えて、みんなで一緒にごちそうさま。

一息ついたところで、オリビアさんに相談があると切り出した。

「なぁに？ なんでも訊いてちょうだい？」

相談と聞いて心配そうに見つめるオリビアさんに、僕は意を決して訊いてみる。

「……えっと、今朝、目が覚めてから急になんですけど……」

「えぇ、どうしたのかしら？」

オリビアさんは優しく僕の言葉を待ってくれる。

「……食材を見たら、その横辺り？ に、名前とか……。美味しく食べられるレシピ？ が、浮かんでくるんですけど……」

――僕、どこかおかしいんでしょうか……？


それを聞いたオリビアさんは、真剣な表情で顔の前で両手を組み、そのまま俯いて黙ってしまった……。心配そうに、僕とオリビアさんを交互に見るハルトとユウマ。

無言のままのオリビアさんを見つめ、どんどんと不安だけが募っていく。


――やっぱり僕、どこかおかしくなっちゃったんだ……！

◇◆◇◆◇

今朝は指名依頼の確認のため、日が昇りきらぬうちからギルドに向かおうとしていた。

オリビアたちはまだ寝ているだろうと静かに玄関へ向かうが、店の方から何やら物音が聞こえてくる。鼻を擽《くすぐ》る旨そうな匂いに、思わずごくりと唾を飲み込む。

そっと店内を覗くと、ユイトが何やら鼻歌を口遊みながら調理をしていた。

「おはよう、ユイト。どうしたんだ、こんな早くから」

声を掛けると、パッと嬉しそうにこちらに振り向く。

「あ！　おはようございます、トーマスさん！　いま作っているのはトーマスさんの朝食です。昨日、オリビアさんにも許可は得ているので大丈夫です！　……あ、もしかしてもう出かけますか?」

「いや、旨そうな匂いがするからな。オレの胃はもう食べる気でいるぞ」

「よかった！　すぐ仕上げるんで、座ってください！」

ユイトは一瞬不安そうな表情を浮かべたが、食べると伝えると嬉しそうに微笑んだ。

昨日も思ったが、この子はかなり手際がいいように見える。このキッチンも勝手知ったる様子で皿を準備し、カウンター越しに出来立ての料理を出してきた。

皺一つなく包まれた美しいオムレツに、色鮮やかな真っ赤なトマトのソースがかけられている。

横にはカリッと程よく焼けたベーコンとレティス、ブロッコリ《ブロッコリー》、くし形にカットされた瑞々しいトマトが、ワンプレートに彩りよく添えられている。

そして手元のカップには、湯気の上がる粒がたっぷりのマイスのポタージュ。思わず大きく息を吸い込む。何とも食欲をそそる、良い匂いだ……。

「どうぞ、トーマスさん。召し上がってください」

「あぁ、ありがとう。いただきます」

崩すのがもったいなく感じるほど整ったオムレツに、そっとフォークを刺し入れる。その切れ目から、とろりとチーズが溶けて溢れ出てきた。手作りだというトマトソースと共に口に運ぶと、口の中が一瞬にして得も言われぬ幸福に包まれた。

目を閉じその味を堪能していると、何やら視線を感じるような……。

ふと目を開けると、不安げな表情のユイトと目が合った。

「……どうですか？　お口に、合えばいいんですけど……」

黙っているのが心配だったのか、ユイトがおずおずと尋ねてくる。

思わず、この子は何を言っているんだ？　と、本気で考えてしまった。口に合わないわけがない。

「……いや。無くなるのが勿体なくてな。ゆっくり味わっていただけだよ。……かなり旨い」

「えっ!?　やったぁ！　お世辞だってわかっていても嬉しいです！　ポタージュも冷めないうちにどうぞ！」

本気で言ったのに、世辞だと思われ心外だ。そう思いながらも、ホカホカと湯気を立てるポタージュの誘惑には勝てず……。カップに注がれたポタージュをスプーンで掬い、そっと一口。

「…………」

「……トーマスさん？」

「……ユイトは一体、何を目指しているんだ……？」

??　と、意味が分からないというような表情を浮かべ、ユイトは小首を傾げている。

マイスとオニオン、バターと、昨日使った肉の骨でスープを取り牛乳を混ぜた。しかも高いから、塩と胡椒は使っていないいだって……？

それだけでこんなに旨いはずがないだろう……！

「ん～……。しいて言えば、トーマスさんとオリビアさんの役に立つこと……。ですかねぇ？」

えへへ、と笑って照れるユイトは、あの泥まみれで倒れていた時の面影は一切なく、ただただ幸せそうに笑みを浮かべていた。

その笑顔に、オレまで幸せな気分になれるよ。

「それじゃあ、行ってくるよ。帰りはいつになるか分からないから、オレの飯は用意しなくていいぞ」

「わかりました。トーマスさん、よかったらコレ、お昼にでも食べてください」

そう言ってユイトが差し出したのは、布で包まれた……、箱だろうか？　だが、中身が思いつかない。

「これは？」

「ギルドは隣の街にあるって聞いたけど、お腹が空いたらいけないなと思って。中身はサンドイッチなんですけど……」

朝食だけじゃなく、わざわざ昼食まで作ってくれたのかと驚きと喜びを隠せない。

「こんなに作ってくれたのか！　ありがとう、大事に食べるよ」

「えへへ。多めに作ったんで、帰ってきたら感想聞かせてください」

「わかった、昼が楽しみだ。行ってくるよ」

「はい、行ってらっしゃい！　お気を付けて」

ユイトに見送られ、ほこほことした気分で家を出る。今朝は乗合馬車で行くつもりだったが、急遽予定変更だ。懐中時計を取り出し、時間を確認する。

……よし、腹を空かせるために徒歩で向かうことにしよう。

落としてはいけないと、オレは大事に弁当を抱えてギルドへと向かった。

今日の予定は、冒険者ギルドで指名依頼の確認と、オリビアの代わりに商人ギルドへ向かい、ユイトを雇う手続きの申請。それと、一番大事な領主館でのユイトたち三人の移住手続きだ。

隣街・アドレイムに到着すると、ちょうど教会が鳴らす三時課《午前九時》の鐘が響いた。街の門を潜《くぐ》ると、通りは朝早くから既に活気で溢れている。だが、少し歩くと冒険者ギルドの建物が見えてきた。

もう少しゆっくり来ればよかったか……？　サンドイッチを食べようにも、まだ昼にもなっていない……。己の腕の中にある弁当を見つめ、一考。

……うむ。まぁ、少し早めの昼食、ということにしておこう……。

指名依頼の内容を確認していたら、ちょうど良い頃合いだろう。そう決め、足取り軽く冒険者ギルドへと向かう。だが、ギルドの建物内に足を踏み入れた瞬間、周りの視線が一斉にこちらに向くのを感じた。

ピリピリとギルド内に緊張が走るのが肌で感じ取れる。

……なんだ？　オレが顔を見せない間に、何かあったのだろうか？

「よぅ、トーマス！　久し振りじゃねぇか！」

そんなことを考えていると、二階から声を掛けられた。顔を上げると、そこにはよく知った顔が。

長年の実戦で鍛えられた筋肉の厚みと褐色の肌。そしてオレが見上げるほどの大男。

その男の名はイドリス。彼こそが、この冒険者ギルドの〝ギルドマスター〟だ。

「オレに指名依頼が入ったと知らせを受けてな。遅くなってすまない。オレが来ない間に何かあったのか？　随分とピリついているようだが……」

「あ？　いや、これと言って何もないが……」

オレが尋ねると、イドリスは首を傾げた後に、あぁ、と納得の表情を浮かべた。

「そりゃあ、多分、お前が大事そうに抱えてるソレのせいじゃねぇか？」

そう言って、目の前にやって来たイドリスが顎で示したのは、ユイトに貰った、大事な大事な弁当だ。……ん？　これが？

「これが何か問題なのか？」

少しばかり可愛らしい柄だが、それ以外、特に変わった物ではないと思うんだが……。

「お前がそこまで大事に抱えてるってことは、ソレの中身は相当ヤバいもんのはずだ……。他の奴らも、馬車にも乗らずにわざわざ徒歩でこちらに向かうお前を見たと噂してたからな。振動もダメな危険物……。そして、ソレをどう処分するかギルドに相談しに来た……。そういう事だろう？」

イドリスが真剣な声色で発した言葉に、遠巻きに見ていた周りが一様に頷いている。

おいおい、そんな真剣に……。笑うべきなのか……？

「おい、トーマス……。ソレは一体、何なんだ？」

イドリスが年に一度、有るか無いかの真剣な表情で尋ねてくる。

いかん。笑ってしまいそうだ……。

「これか？　大事なことに変わりないが……」

周囲の冒険者やギルド職員たちが、オレたちの様子を固唾を呑んで見守っている……。

ような気がする。やれやれだな……。

「――弁当だ」

「……は？」

「だから……、弁当だよ。うちで面倒を見ることになった子が、今朝早起きして作ってくれたんだ。

落とさないように抱えているだけだが……」

「はぁあああぁ～～～っっ!?」

あのトーマスさんが!?

嘘だろ!?

いや、もしかしたらワザと嘘を吐いてるんじゃ……!?

その場にいた全員が驚愕の表情を浮かべている。誰が来ても冷徹と噂される男性職員も、美人と評判の受付嬢も皆一様に、だ。

なんだ、酷い言い草だな。とっとと依頼内容を確認してここを出ようとオレは心に決めた。

そしてその依頼内容を見て、オレは久方振りに頭を痛めることになる。

あぁ……。一刻も早く帰って、あの子たちに癒されたいと、心から願ってしまった。

指名依頼は断ることもできるが、断ることができない依頼主というのも存在する。オレの場合は後者だったので、そのまま受けることになった。

報酬も破格で、今までは少しばかり面倒だなとしか思わなかったはずなのに、今は仕事をせずに家に帰りたいと思うようになってしまった。

多分、この数日間で変わってしまったのだろう。

まぁ、何とかなるだろうとギルドを後にし、商人ギルドに向かう前にいそいそと木陰に座り、ユイトに貰った弁当を食べることにした。

……昼にもなっていないが、いいだろう。チラチラと視線を感じるが、オレは全く気にしない。

可愛らしい布の結い目を解き、竹で編まれた弁当の蓋を開けると、そこには彩りまで計算されたような具だくさんのサンドイッチが並んでいる。

種類は全部で三つ。

ライ麦パンにレティスとトマト、ベーコン、それに茹で卵を挟んだもの。

もう一つはライ麦パンにレティスと鶏肉、チーズを挟んだもの。

最後の一つは、大きく巻かれた玉子の焼いたものを丸々挟んだ玉子サンドだ。

どれも見るからに旨そうだ……！　茹で卵を挟んであるものは、トマトがあるから先に食べたほうがよさそうか？　しかし、鶏肉を挟んであるものもチーズがとろけて旨そうだ。

厚く焼いた玉子を挟んだものは、触るとふわりとした感触が……。よく見ると、トマトソースも塗ってあるのか？　コレは絶対に旨い。食べる前に確信する。

一体どれから口にしようか迷ってしまう。……よし、これから食べようと手を伸ばした次の瞬間、後ろから別の手が伸びてきた。

「いでででででっ!!」

「……おい、イドリス。これは一体、何の真似だ？」

伸びてきた手を容赦なく捻り、相手の動きを取れなくする。

「わりぃわりぃ！　あんまり大事そうにしてるから、どんなもんかと見に来たんだよ！　そしたらまぁ美味そうじゃねぇか！　一つ恵んでくれよ～！　なっ？」

「何を勝手なことを……。これはユイトが、朝早くからオレのために作ってくれたものだ。だから譲ることはできない」

「かてぇこと、言うなって～！　ユイトっていうのか！　面白そうだから、今度連れて来いよ」

「いや、絶対に会わせん」

ギャーギャーと喧《やかま》しく喚くので、仕方なく一つだけ恵んでやったが……。

言葉を無くした後にまた騒ぎ出したので、少し荒業だが寝かせておいた。薄っすらと目の下に隈ができていたから、丁度いいだろう。

あぁ、はやくあの子たちに癒されたい……。

イドリスの後始末をギルド職員に頼み、疲れたオレは早々に用事を済ませ、家路を急ぐことにした。

◇◆◇◆◇

「……ユイトくん、それは食材だけ？　それとも他の……、例えばこのコップの横には見える？」

そう言って、オリビアさんは先ほどまで牛乳が入っていたコップを指差す。

「……いえ。食べられるものにしか、出てこないみたいです……」

どれだけ真剣に目を凝らしても、コップの周りには何も浮かんでこない。

「そう……。でも、昨日は見えてなかったのよね？　今朝から急に……。何かきっかけとかあったのかしら……」

「きっかけ……？」

「そう、何か今までと違うことをしたりだとか……。あとは、こうしたい！　って、強く思ったりだとか？」

今までと違うこと……。強く思ったこと……。あ！

「昨日、僕の作った料理を食べてもらって、みんなが『美味しい』って言ってくれたのがすごく嬉しくて……！　トーマスさんとオリビアさんに、僕の故郷の味を食べてもらいたいなって、はやくお二人の役に立ちたいって思いました！」

なんだか作文みたいだなと恥ずかしく思いながらもそう答えると、オリビアさんは小さい声でグゥッと唸り、なぜかそのまま俯いてしまった。

心配そうに僕とオリビアさんを交互に見るハルトとユウマ。無言のままのオリビアさん。

さっきもした記憶があるな……、と思ったが、それよりもこの食材の横に浮かぶメモみたいなものが何なのか知りたい……！

「はぁ……。ごめんなさいね。ちょっと動悸《どうき》が……」

ふらりと胸を押さえるオリビアさんを見て、僕はもの凄く焦ってしまう。

「えっ!?　大丈夫ですか？　はやく横になって休んでください……！」

「おばぁちゃん、どこか、いたい、ですか？」

「ばぁば、いたぃたぃ？」

「あら！　違うのよ～！　ごめんね、心配させちゃって！　ちょっとユイトくんの言葉が嬉しかっただけだから～！」

オリビアさんはそう言いながら、慌ててハルトとユウマを撫でている。その様子に、二人はホッと安心したように肩の力を抜いた。

「ユイトくんの見えているものは、おそらく〝鑑定〟だと思うわ……。でも食材にしか見えないってことは、まだスキルに目覚めたばかりなのかもしれないわね……」

「〝鑑定〟……、ですか？」

「そうよ。冒険者ギルドや商人ギルドにも、〝鑑定士〟っていう職業の人たちがいるんだけどね？　魔物や薬草を持ち込まれても、傷だらけで商品として成り立たないものや偽物があると困るでしょう？　それをきちんと本物だと証明したり、他にもより質の良いものを判別することができたりね。商人なら誰でも欲しがる能力よ」

確かに、すごく便利だもんな、コレ……。たぶん、この国の言語であろう文字の後に、丁寧に（カッコ）の中に日本語で文字が書かれている。

「そんなに凄いものなんですね……。でも食材の名前とか、レシピくらいしか出てこないので……」

「そうねぇ。まだはっきり分からないし、トーマスが帰ってきたら、またゆっくりお話ししましょう。あと、この事は誰にも言わないようにね？　ハルトちゃんとユウマちゃんもよ？　おばあちゃんと約束してくれる？」

「はぃ！　ぼく、やくそく、できます……！」

「ゆぅくんも！　なぃちょ……！」

二人とも小さな手のひらを自分の口元にあてて、こくこくと頷き、小声でヒソヒソ話をするように約束してくれた。

僕も、「誰にも言いません」と、オリビアさんに約束した。

朝食を終え、足りなくなった食材の買い物へ向かう。

僕の練習に付き合ってくれる形になるけど、ハルトとユウマも楽しそう。オリビアさんがいつも使う買い物用の籠を用意して、早速この村の店通りへ。

この国の貨幣価値は、昨日オリビアさんにきちんと教えてもらった。

最初は分からなかったんだけど、鉄貨一枚が十G《ギル》で、それが日本円の十円だと思ったら、すんなり頭に入ってきた。鉄貨の次が銅貨で、その次が銀貨、金貨と単位が大きくなっていく。

ユウマの好きなロールパンが、一つ二十Gで鉄貨二枚。大きなキャベツが一つ百Gで銅貨一枚。日本の値段に換算したら、かなり安いんじゃないかな？

牛乳・チーズ・生クリームの乳製品は、村の外れの牧草地で酪農をしているハワードさんという一家が作っているらしい。

ハワードさんは牛の他にも馬と羊を飼育していて、荷運び用の馬を貸したり、畑の土を耕すのに雄牛を貸したり、羊の毛を売ったりして村の人はかなり助かっていると教えてくれた。

だけど牧場は少し遠いので、村の中心地寄りでお店を開いているという。一昨日はこちら側には来ていなかったから、僕は今日が初対面だ。

「あれ？　オリビアさん、いらっしゃい！」

「こんにちは！　今日はハワードさん、いらっしゃる？」

「はい、ちょっと待っていてください！　父さぁ――――ん!!」

お店にいたのはハワードさんの息子さんで、僕より少し上くらいの男の子。

僕たちを店内に残して、ズンズンと店の奥に行ってしまった。少し待って出てきたのは、髭の似合うがっしりしたおじさん。

「オリビアさん、いらっしゃい。ん？　この坊ちゃんたちは？」

「うちで一緒に暮らすことになった子たちなの。今日だったらハワードさんにも挨拶できると思って。さ、みんな、自己紹介してくれる？」

「はじめまして、ユイトです」

「えっと、ぼくの、おなまえは、ハルト、です」

「ぼく、ゆぅくん！」

「一番下のユウマです。数日前からオリビアさんの家でお世話になってます。よろしくお願いします」

三人で一緒に頭を下げると、ハワードさんは笑って「よろしく」と、握手してくれた。普段は牧場にいるんだけど、週に一度お店に来る曜日があって、今日がちょうどその日だったみたい。

先ほどお店にいた息子さんは、十六歳のダニエルくんというらしい。上にも二人お兄さんがいて、

「君たちと一緒だな」と言って、ハルトとユウマの頭を撫でていた。

「もうすぐお店を再開しようと思っていてね？　ユイトくんが手伝ってくれることになったから、挨拶をしに来たのよ」

「買い出しは僕が担当するので、よろしくお願いします」

「わかったよ！　美味しいもの揃えてあげるからね！」

「はい、頼りにしてます！」

挨拶を無事に終え、ハワードさんのお店で予定通り牛乳を購入。

ハルトとユウマもここの牛乳が大好きだと伝えたら、お店で牛乳を飲ませてくれて、さらにチーズもサービスしてくれた。ユウマはすっかりハワードさんを気に入ったらしく、買い物が終わってお店を出てもずっとハワードさんに手を振っていた。

そして卵を買うために、もう一軒のお店へと向かう。

鶏は一日に一つしか卵を産まないから、何百羽も飼育してるんだって。この養鶏場も村の外れにあるから、採れた卵を売るのにハワードさんのところと同じように村の中心地寄りにお店を作ったみたい。

ハワードさんのお店を出てすぐのところに、そのお店は建っていた。

お店にいたのは、小柄で少しだけ腰の曲がったおばあさん。

「オリビアさん、いらっしゃい。あらあら、今日は可愛い坊やたちも一緒なのねぇ」

笑うと目尻に皺が寄って、すごく優しそうな雰囲気の人。先ほどと同じように、自己紹介をして挨拶を交わす。

おばあさんの名前はフローラさん。養鶏場は現在、息子夫婦と孫夫婦が経営していて、フローラさんはお店でのんびりさせてもらっていると笑っていた。

「しかしまぁ、三人とも可愛らしいわねぇ。トーマスさんが子どもを可愛がってるって聞いて、どんな子か興味があったのよぅ」

そう言って、にこにことハルトとユウマの頭を優しい手つきで撫でてくれる。

噂を流したのはたぶんエリザさんだな、と僕の直感が訴えていた。

「お店が開いたら、寄らせてもらうわねぇ。でも、こんなおばあちゃんでも食べられるもの、あるかしら？」

「大丈夫よ〜！　ユイトくん、すごくお料理上手なの！　きっとフローラさんも気に入ると思うわ！」

「おにぃちゃん、おりょうり、とっても、じょうず！　だいじょぶ、です！」

「にぃにのふるちゅちゃんど、おぃちぃの！」

「ふる……？　ごめんねぇ、それは美味しいの？」

「あ、フルーツサンドですね。生クリームとフルーツをパンに挟んでいるんです。今日はライ麦パンで作ったけど、ロールパンか白パンのほうが柔らかいので、そっちのほうが食べやすいかもしれないです」

「おにぃちゃん、ぼく、たまごの、たべたい、です」

「ふふ、家に帰ったらね？　そうだ！　フローラさんのお店の卵で作った玉子サンドも、味が濃くて美味しいんですよ！」

「あらぁ、うちの卵も使ってくれてるのねぇ。それはお店で食べられるのかしら？」

そう訊かれてハッとした。つい話してしまったけど、オリビアさんのお店なのに勝手なことはできない。

一瞬どうしようと焦ったんだけど……。

「お料理はユイトくんに任せようと思ってるから大丈夫ですよ〜！　本当に美味しいの！　今朝もお代わりしちゃって……！」

「あらぁ、そうなの？　いまから楽しみにしておこうかしらねぇ」

『ユイトくんに任せようと思ってる』

そう言って、オリビアさんがフローラさんと笑顔でやり取りするのを見て、もっと美味しいって言ってもらえるように努力しようと、僕は密かに決心した。


順調に買い物を終え、無事に帰宅。オリビアさんの足が心配だったけど、今日はそんなに痛くないみたい。ホントかなぁ……？　僕の練習に付き合ってくれているから、もしかしたら我慢しているのかも……。次からはちゃんと、気を付けて見ておこう。

今日の昼食は、お店の定番メニューであるニョッキを教えてもらう。トーマスさんがいないので、ハルトとユウマはお店のカウンター席に座っててもらうことにした。ユウマは背が届かないので、ここでやっと買ってもらった椅子の出番だ。日の目を見ることができてよかった……。

座った二人は、興味津々といった様子でこちらを覗き込んでいる。

「ハルト～？　ユウマ～？　危ないからじっとしてなさい！」

「ぼく、ちゃんと、してます！」

「ゆぅくん、みてないよ！」

そう言いながらも、可愛い頭がカウンター越しにひょこひょこ揺れている。

オリビアさんが「少し待っててね」と、カットしたメーラを渡し、いま二人は機嫌よくシャクシャクと美味しそうな音を立てながらメーラを頬張っている。

ニョッキの材料はパタータと強力粉、卵と塩を少々。材料はパタータの代わりにキュルビスを使っても美味しいらしい。

ソースはトマトでもクリームでもなんでも合うというので、ハワードさんに貰ったばかりのチーズを使うことになった。

まずはパタータを洗い、皮付きのまま蒸し器の中へ。

蒸し器の水が沸騰するまでは強火、沸騰したら弱火にして、低温でじっくり蒸す。ザルにとって粗熱をとり、熱いうちに皮を剝いて水分をとばしたらすり鉢の中へ。

すり潰したパタータに強力粉と塩少々を加え、捏ねないように気を付けながら木べらで切り混ぜていき、卵を加えて再度混ぜる。

まとまってきたら両手で一つにまとめ、押し潰すように両手で軽くこねて完成。

鍋にお湯を沸かしておき、作業台に打ち粉をして転がしながら細長い棒状にし、約二センチ幅にカットしていく。親指で生地を押しながら軽く転がすようにし、フォークで押してくぼみを付け、くるんとカーブができるように成形したら、ニョッキの出来上がり。

沸騰したお湯でニョッキを茹で、浮き上がってきたらザルにあげ、フライパンにバターを溶かし、細かく削いだチーズ、塩と胡椒をほんの少し加えて味を調える。そこにニョッキを加えて軽く混ぜ、器に盛り付けたら完成！

材料は簡単だけど、慣れるまでは時間がかかるかな？

もう一品は、オリビアさんのリクエストで朝食に出した玉子サンド。サンドイッチは今までも他のお店で食べたり、お店《ここ》でも作ったけど、僕の作るサンドイッチが一番美味しいと言ってくれた。

気に入ってくれて嬉しいけど、朝も食べたのにお腹は大丈夫かな、と少し心配だ。

ハルトもユウマも玉子サンドは好きらしく、とってもご機嫌で嬉しそうに頬張っている。

トーマスさんはもう食べたかな……？　気に入ってもらえたら嬉しいな。


「ただいま」

「おかえりなさい、随分遅かったわね？　大丈夫だった？」

日が暮れて村の明かりが消えた頃、ようやくトーマスさんが帰ってきた。ハルトとユウマは待つと言っていたが、我慢できずに寝てしまい、いまは二人仲良くベッドで眠っている。

「遅くなってすまない。イドリスたちに捕まってたんだ」

「ふふっ、それは大変だったわね。お湯を準備するから待ってて」

「ありがとう、頼むよ」

オリビアさんは少し笑いながらお湯とタオルを準備しに行った。イドリスさんって、トーマスさんの冒険者の知り合いかな？　それにしては、なぜか少し疲れた顔をしている。

「トーマスさん、おかえりなさい」

「あぁ。ユイト、ただいま。今日はありがとう、全部とても美味しかったよ」

「ふふ、気に入ってもらえてよかったです。オリビアさんもお代わりしてくれたんですよ！」

「えっ？　オリビアが？　ハハ！　それは相当だな」

トーマスさんが着替え終わり、トーマスさんとオリビアさん、僕の三人でテーブルに座り、僕の異変について話し合うことになった。

「なぜ、今朝のうちに言わなかったんだ……」

話を聞いて、トーマスさんは眉間に皺を寄せ、困ったように腕を組んだ。

「ごめんなさい……。トーマスさんの用事が遅れたら悪いなと思って……」

「オレの予定は少しくらい遅れても大丈夫だ。それにしても、ん～……、突然にか。しかも食材だけ……。時間が経ったら他にも見えるようになるかもしれないが……」

「そうなのよ。まだはっきりと分からないから、黙っておいたほうがいいかと思うの」

「オリビアさん、これって何か困ることがあるんですか？」

不要だったら消えるし、僕としては便利になっただけで、特に困りはしないんだけど……。

「〝鑑定〟はね、練度が上がると、人・魔物・物質、ジャンルを問わず鑑定できるようになるの。つまりは、カバンの中身や、人の嘘も秘密も、全て知ってしまう場合があるのよ……。だからそのスキルを持つ人は注意をしないと、それを悪用されたりするの。逆らえないように奴隷の首輪を使ったりしてね」

「……奴隷の、首輪……」

僕はそれを聞いて、少し怖くなってしまった。

「ユイト、そんなに怖がることはない。そんな愚かなことをする悪い奴がいるとだけ覚えておきなさい。オレとオリビアが付いているんだから、心配しなくても大丈夫だ」

「ごめんなさい、驚かせちゃったわね。でも食材と違うモノにもそれが見えだしたら教えてちょうだい」

「分かりました。すぐに言います……」

ちょっと便利だな、くらいにしか思ってなかったのに、どこの世界にもそういう悪いことに頭が回る人がいるんだだな、と少しショックを受けてしまった。

「……ユイト、こんな時に悪いんだが……。今度、知り合いが食べに来ることになってな……」

「……？　はい」

気分がどんよりしていると、トーマスさんが気まずそうに話しかけてきた。

「今日、ユイトがサンドイッチを作ってくれたろう？　あれを気に入ってしまったみたいでな……」

「サンドイッチですか？　気に入ってもらえたなら嬉しいですが」

「それがなぁ……。そいつは冒険者ギルドのギルドマスターなんだよ。それと、他の冒険者仲間や職員も食べたいと言い出して……。全員で……、七、八名くらいなんだが」

「え？　トーマスが断り切れなかったの？　珍しい！」

「いや、何というか……。自慢したくなってしまってな、すまん……」

「あぁ、なるほどね……」

オリビアさんは、申し訳なさそうに眉尻を下げるトーマスさんに、「分かるわぁ」と言って、肩を優しく叩いていた。

「それでな、ユイト。申し訳ないんだが、そいつらに何か作ってやってくれるか？　あとオレが今朝食べたオムレツも作ってやってほしい。あのチーズ入りの……」

「オムレツ？　チーズ入り？　私は食べてないんだけど？」

それを聞いたオリビアさんが、「どういうこと？」とトーマスさんに怒り出したので、慌ててまた作ると約束した。……オリビアさん、食べるの好きなんだなぁ。

「トーマスさん、その皆さんってどれくらい食べるんですか？」

たくさん来るなら、食材の買い出しも仕込みもしないとね。

「……いやぁ。それがちょっと、分からないんだ……」

「え？」

「とりあえず、この前ユイトのお祝いに野菜なんかを貰っただろう？　片道分じゃなく、往復で貰った食材の倍は食べると思う」

「……は？　倍……、ですか……？」

「……いや、最低で倍だな」

「イドリスなんかは、一人でトーマスの三人分は平気で食べちゃうものねぇ。あ、そうだ！　ユイトくん、開店前の練習だと思えばいいんじゃない？」

「練習、ですか？」

「そうよ～！　せっかく大人数で、しかも大食いでしょう？　お客さまだと思って接客の練習をしてみたらどうかしら？　ぶっつけ本番より、その方が失敗しても許されるでしょ？」

そうか！　トーマスさんの知り合いの人をお客さまだと思って、案内から会計まですれば初日に緊張しないかも……！

「そうですね！　それなら、その皆さんに協力をお願いしてもいいですか？」

「いいのか？　オレはムリを言った手前、有り難いが……」

「いいじゃない！　面白そうだわぁ～！　私、楽しみになってきちゃった！」

「なら、奴らにもそう伝えておくよ。ユイト、すまんな」

「いいえ、考えたら僕もやる気が湧いてきました！」

突然決まったことだけど、どうせならその人たちに美味しく食べてもらいたい！

明日からもっと頑張るぞ……！

◇◆◇◆◇

「ふふ、トーマス？　あの子たちのこと、見せびらかしたくなっちゃったんでしょう？」

「いやぁ……、まさか自分がなぁ。孫を自慢するヤツの気持ちが分かった気がするよ」

「私もよ。あの子たちが来てから、毎日笑ってるもの。トーマス、あの子たちを助けてくれてありがとう」

「オレの方こそ、世話をするといった時、君が反対せずにいてくれて感謝してるよ」

「私たちで、大事に見守りましょうね」

「あぁ、一緒に守ってやろう。さ、もう寝よう。おやすみ……」

「ええ、おやすみなさい……」

閑話

ギルマスの忘れられない味

「ハァ〜……」

執務室の書類に埋もれ、思わず溜息が出た。

今朝、トーマスから分けてもらったサンドイッチが頭から離れない。

いままでも似たようなものは食ったが、あのサンドイッチが断トツで美味かった。

オレが食べたのは一種類だけ。特に変わった食材は使っていないようだったが、一口、また一口と夢中になってしまい、気付けばすでに胃袋の中だった。

まだ他にもあったから、それもさぞかし美味いんだろうと想像して、再び溜息が漏れる。

どうにかしてまた食いたいもんだ……。

サンドイッチに思いを馳せながら山のような書類を片付けていると、先月入ったばかりの受付職員が慌てて飛び込んできた。

「イドリスさん！　大変ですッ！」

その焦った様子に何事かと腰を上げるが、その開いた扉の外から、聞き慣れた言い争う低い声が二つ響いてくる。

「しょ、食堂の店員と、冒険者がケンカを始めて……ッ！」

それを聞き、またかと呆れて座り直す。

新人はオレが座ったことに戸惑っていたが、正直かかわるのは面倒臭い。

「あ～、それはアレだ。このギルドの名物だから覚えとけ。いいか？　アイツらは……」

誰も教えていなかったのかと苦笑し、事情を説明する。

ぽかんとする新人には悪いが、早めに慣れてもらわねば。

（おぅおぅ、今日のは随分激しいな……）

すると、その低い声の中に、女性の声が加わった。

「いい加減に、しなさ――――いッッ!!」

バコンッと激しい音が二重に響き、辺りが一瞬静寂に包まれる。

今日はどうやって止めたのかと気になって扉の外を覗くと、女性職員の両手に握られた銀色に光る食堂のトレーが二枚、思いっきり曲がっていた。そして、その足元にはうずくまる男性が二人……。

「……いいか？　エヴァは絶対に怒らせるなよ……？」

「は、はぃ～……！」

この冒険者ギルドの、ある意味名物である食堂兼酒場の男性店員と、冒険者の夫夫喧嘩《ふうふ》。

どうせ今回も、二人が結婚していると知らない奴に声でもかけられたんだろう。

そして、毎回それを止めるのが、二人が昔から妹のように可愛がっている受付職員のエヴァだ。

エヴァがギルドで働き出してから、ほとほと手を焼いていたケンカもすぐ治まるようになった。

（……これは一度、労ってやらないとな……）

そうだ！　トーマスに言って、オリビアの店で慰労会でも開けないか訊いてみるか！

そうだ、そうだ！　それがいい！　そうと決まれば早速……！

決してサンドイッチが食べられるかもという邪《よこしま》な気持ちからではないと、ここに断言しておく。

第五章

おてつだい大作戦

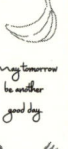

「おじぃちゃん、いなぃです……」

「ばぁば、じぃじはぁ？」

「ごめんねぇ。おじいちゃんはもう、お仕事に行っちゃったのよ」

「えぇ～」

朝起きてもトーマスさんがいないことに気付き、トーマスさんのことが大好きなハルトとユウマは寂しそうだ。その後ろ姿がしょんぼりしている……。

トーマスさんは指名依頼までにかなり日数があるため、他にも何件か依頼を受けていた。詳しいことは知らないが、お土産に美味しいお肉を狩ってきてくれるそうだ。

もう僕の体調も万全なので、そのお肉でオリビアさん特製の絶品ミートパイを焼いてくれるって！　すっごく楽しみ！

「ねぇ、ハルト、ユウマ。ちょっと聞いてくれる？」

「おにぃちゃん、どぅしたの？」

「にぃに、なぁにぃ～？」

ぽてぽてと歩きながら僕にぎゅっとしがみついてくる二人の頭を優しく撫でると、擽ったそうに目を細める。

それを見てまたオリビアさんが唸っているんだけど、トーマスさんは大丈夫だと言っていたから気にしないようにしている。

「今度ね、トーマスさんのお友達がたくさん遊びに来るんだって」

「おともだち？」

「じぃじの～？」

「うん。みんな、いっぱいご飯食べるんだって。だからお料理の準備もたくさんしないといけないんだ」

「おにぃちゃん、いそがしぃ？」

「はるくんとゆぅくん、あしょべにゃぃ？」

しばらく遊んでもらえないのかと心配そうに眉を下げる二人に、僕は昨日の晩ベッドで考えていたことをお願いしてみることにした。

「んーん、違うよ。まだいつかは決まってないんだけど、お兄ちゃんね、ハルトとユウマにお料理の準備、手伝ってほしいなぁって思ってるんだけど……。お願いできる？」

そう聞いた途端、二人の目がパッと見開きイキイキとしだした。

「ぼく、おてつだぃ、できます！」

「ゆぅくんも！　いっぱぃできりゅ！」

「ほんと？　ありがとう～！　じゃあ、日にちが決まったら、一緒にお手伝いお願いします！」

「はぁーい！」

きゃあきゃあ嬉しそうに飛び跳ねる二人を見て、僕はホッと胸を撫で下ろした。もし嫌だと言われたら、かなり落ち込む自信があったからね。

「あらあら、二人ともとっても嬉しそうね～。おばあちゃんも仲間に入れてちょうだい」

「いぃよ！　ばぁばもいっちょ！　おてちゅだぃ、ちよっ！」

「おばぁちゃん、いっしょ、たのしぃです！」

「おばあちゃんも一緒にお手伝いさせてくれるの？　嬉しい！　頑張りましょうね！」

「はぁーい！」

オリビアさんにはすでに相談済みだ。二人はまだ幼いし、危ないことはさせないから、と。反対されるかと思ったけど、野菜のヘタを取ったり、生地を一緒に捏ねたりするんだったらいいんじゃないかと賛成してくれた。

それに、ハルトとユウマが手伝って一緒に作ったと言えば、トーマスさんはビックリするんじゃないかって。「驚いた顔が見たい」と、オリビアさんは楽しそうに笑っていた。

そうと決まれば、早速作戦会議を始めないと！

こうして、トーマスさんには内緒の〝おてつだい大作戦〟が始まったのだった。

◇◆◇◆◇

「よし、あとは運ぶだけだな。ここら辺で少し休憩にしよう」

「はぁーい」

「やっと座れる〜！」

「こらケイレブ！　気を緩めすぎだ！」

「煩《うるさ》くてすみません、トーマスさん」

「いや、オレのことは気にするな」

今日は近隣の村から出されたワイルドボアの討伐依頼のため、オーウェンとワイアット、ケイレブとケイティからなる新人パーティ《自由の風《ヴィントフライハイト》》の指南役として依頼に立ち会っている。

冒険者ギルドには、慣れない新人冒険者が無茶をして命を落とすのを防ぐ目的で作られた〝訓練制度〟というモノがあり、希望する新人には初めての討伐依頼を受ける際、ベテランの冒険者が一人付くことになっている。

この四人は各々ソロで活動していたようだが、採取依頼などを終え、今回がパーティを組んで初の討伐となる。

この〝訓練制度〟は、この数年で取り入れられたモノであり、これを甘っちょろいという奴もいるが、オレはこの制度を気に入っている。突拍子もないことをしでかす新人がたまにいるから肝を冷やすが、冒険者というのは命の補償がない職業だ。最初くらいはいいじゃないか。

「ケイレブ、元気があっていいが、狩る前だと獲物が勘づいて失敗するぞ。それとワイアット、オレが休憩だと言っても周りを警戒するのはいい心掛けだ」

「はい、気を付けます……」

「――っ！　ありがとうございます！」

「やだ、ワイアット！　耳まっ赤〜！」

「こらケイティ、あんまり言うな。ワイアットのそれは昔から治らないからな」

注意されてシュンとしているのはケイレブ。十七歳になったばかりの犬人族の少年だ。耳と尻尾で感情がすぐ読み取れるため、目下訓練中である。

それを叱り、周りの警戒を怠らなかったのはワイアット。体格が良くしっかり者だが、褒めるとすぐに照れてしまうのでよく揶揄われているようだ。まだ十九歳の青年だ。

揶揄っているのは猫人族のケイティ。愛想がいいが、素直すぎるところが心配だ。

動きが俊敏で、高い木や建物にもすぐに登ることができるのが強みだな。ワイアットと同じ十九歳だが、もう少し幼く感じてしまう。

そしてこのパーティのリーダーを務めるオーウェン。十八歳ながら剣の腕も良いし、性格も実直だ。このまま依頼を堅実にこなせば、なかなかの冒険者になると思う。

将来が楽しみだ。

「トーマスさん、これ討伐したら村長さんに見せて終わりですか？　この猪は食ってもいいの？」

ケイレブが耳をピコピコ動かしながら尋ねてくる。食べたい盛りだからな。

「まずは依頼主に依頼完了のサインを貰って、ギルドに報告。あとはワイルドボアの解体と素材を売るかどうかだな」

「こんなデカいの……。俺たち、解体とかしたことないです」

「これは徐々に覚えて身に付けないと、獲物を森の中で仕留めた場合に処理できず素材を捨てることになる。自分たちが損することになるぞ」

「えぇ～!?　そんなの、もったいないよ～！」

「そう、勿体ない。覚えれば素材は売れるし、肉は売らなくてもいいなら、森の中で食糧が確保できる」

「そうか。そうすれば、干し肉とか黒パンばっかりじゃなくていいですね」

「だが、そこで後処理を怠ると、血の匂いで別の魔物が寄ってくる場合もある。獲物がデカすぎる場合もだ。パーティで魔法鞄《マジックバッグ》を持っていない場合は、素材を諦めることもあるな」

「なるほど……」

「やっぱ、小さくても魔法鞄は欲しいな」

「お肉も素材も欲しいよぅ～！」

「おれも肉食いたい！」

今回のワイルドボアは依頼では一頭のはずだったが、実際にいたのは二頭。番《つがい》の可能性もある。依頼内容と違う場合、リスクも発生する。万が一を想定しないと、命はいくらあっても足りないのだ。そのまま村長の下へ依頼完了の報告に行き、サインを貰う。そして、ワイルドボアが二頭いたことも忠告しておく。まだ仲間がいた場合、被害を受けるのは村のほうだ。

「そうですか……！　本当に助かりました。これで皆も、安心して外に出ることができます」

「また何かあれば、ギルドに相談してください。私たちはこれで失礼します」

「はい、ありがとうございました」

村長は二頭分の報酬を支払うと約束してくれ、この子たちも喜んでいた。何せ初めての討伐でワイルドボア二頭だ。なかなかの出来だろう。

作物や家畜に被害が出て困るという討伐依頼は、村長や村人からのモノが圧倒的に多い。だが領主や街で暮らす者より、稼ぎや貯えが少ない村人がほとんどだ。

今回のように予定外の数がいた場合、報酬を渋ることもある。だが、ここの村長は助かったと言ってきちんと支払うようだ。村を思ってのことだろう、また依頼があれば受けようという気持ちにさせる。こういう依頼主ばかりだと助かるんだがな。

ワイルドボアを二人一組で一頭ずつ担いで馬車乗り場に行こうとしていたが、村長が使っていない荷車を快く貸してくれた。荷車は乗り場に預けておけばいいと言う。

四人は「ここの村長さんは良い人だから、依頼があったらまた受けよう」と、楽しそうに荷車を引いている。このまま成長してくれれば、将来が楽しみだな。

「トーマスさん、こないだギルマスが言ってた、家にお邪魔するっていう話、本当に俺たちも行っていいんですか？」

「あぁ、大丈夫だ。だが、君たちがどれくらい食べるか分からないからな。とりあえず、たくさん食べると言っておいた」

「ハハ！　おれたち結構食べるんで、いっつもカツカツです！　ケイティが意外と食うんで！」

「ちょっとケイレブ！　私そんなに食べてないよ！」

「こら、ケンカするなよ。でもオレたち、ギルマスには負けるよな」

「あの人の胃おかしいもん！　一緒にしちゃだめだよ～！」

「確かに……！」

この食い盛りの少年たちに、ユイトの作った料理を食べさせたらどうなるかな、と少し楽しみでもあった。

「はい。ワイルドボアの討伐依頼達成ですね。確かに確認致しました。魔物の素材等、買い取りは隣の受付窓口へお願い致します。お疲れさまでした」

受付で今回の依頼完了を報告。

「トーマスさん、今回はありがとうございました！　勉強になりました！」

「解体も、ちゃんとできるように頑張ります！」

「あぁ。だが、あまり無茶はするなよ？　何事も命あってこそだ」

「はい！」

オーウェンたちは、ワイルドボア二頭を買い取り窓口へ。オレは彼らと別れ、ギルドマスターのイドリスに初討伐完了の報告へ向かう。

「おぉ！　お疲れさん、アイツらはどうだった？」

「初めての討伐にしてはなかなかだったぞ。一頭だと思ったワイルドボアが二頭出てきたときは焦っていたがな」

「そうか！　アイツらもいい経験になっただろ」

「そうだな、あのまま育ってくれることを願うよ」

「……ところでトーマス、あの話はどうなった？　オリビアの許可は貰えたのか？」

何を真剣な表情で言うのかと思えば……。

「いきなり話が変わりすぎだ。大丈夫だったよ」

「マジか!?　やったぜ！　あれからあのサンドイッチが忘れられないんだよ！」

ユイトの作ってくれた弁当を食べてからこの調子だ。

イドリスのサンドイッチへの執着は、思いの外、強そうだ。

「ところでイドリス、お前どれくらい食べるんだ？　オレの倍は食べるよな？」

「おぉ！　あのサンドイッチなら無限だな！　おっと？　金の心配なら無用だぞ？」

そう言いながら、戯けたように財布を懐から取り出した。

「いや、ユイトがどれくらい用意すればいいか分からないと言っていたからな。とりあえずたくさん食べるとだけ言ったんだ。まぁ、お前らなら残っても持って帰るだろ？」

「オイオイ、冗談はよせよ！　当たり前だろ!?　こっちはあのサンドイッチが忘れられなくて、仕事も手につかないんだよ！」

「仕事はしろ」

しかし、こんな煩い奴の相手をユイトはちゃんとできるのか……？　心配になってきたな……。

おっと、危ない。肝心なことを忘れて、オリビアに怒られるところだった。

「イドリス、悪いが食べに来るとき、お前たちでユイトの練習相手になってやってくれないか？」

「練習？　なんのだ？」

「オリビアの店を、ユイトが手伝うことになったんだがな。一度も客を相手にしたことがないんだよ」

「ん？　……ってことは、オレたちが客のフリをすればいいのか？」

「あぁ、客みたいに好きなように注文すればいい。サンドイッチ以外もユイトの料理は絶品だからな。オレが保証する」

「オイオイ、マジかよ!? それで、いつ行けばいいんだ？」

「お前たちに訊こうと思ってな。オーウェンたちは、いつでもいいと言ってたぞ」

顎に手を当て、一考する様子のイドリス。こいつがこういう仕草をするときは、大抵何も考えていないことがほとんどだ。

「そうだな……。いきなり行っても困るだろうからな。三日後なら大丈夫か？」

おっと予想外だ。これは悪いことをした。

イドリス、疑ってすまない。

「翌日オレは休みだからな！ いっぱい食べるって伝えといてくれ！」

前言撤回。こいつはこういうヤツだった。

◇◆◇◆◇

現在、オリビアさんと一緒に、冒険者の人たち用に一皿でも満足するメニューを考えているんだけど……。なかなか良い案が思いつかなくて、メニュー会議は難航中……。

「う～ん……。若い子たちは体いっぱい動かしてるから、いっつもお腹空かせてるイメージしかないのよねぇ」

「冒険者の人って、体力使いそうですもんね」

「お店に来る人たちは大抵、お腹にたまりそうなお肉のメニューばっかり注文するから」

「野菜もたくさん食べてほしいですね」

「おやさい、だぃじ、です！」

「ぱんも！　だぃじ！」

ハルトとユウマは、おてつだい大作戦としてメニュー考案に参加してくれている。「そうね、お野菜もパンも大事よね～」と、オリビアさんはにこにこ顔だ。

皆さんに美味しいものを食べてもらいたいと意気込んでいたけれど……。

この世界では、日本のスーパーやコンビニで当たり前に手に入っていた食材や調味料が身近に無いことが一番の問題だった。

米に魚介類に、うどんやアイス……。手に入れる術が限られている……。

魚介類は海の近くか、貴族くらいしか食べられないそう。もし見つけても、臭いが酷いからとてもじゃないけど食べられないとオリビアさんが教えてくれた。

小麦やライ麦はあるから、稲もどこかにあるかな？　ニョッキや生パスタはあるけど、この近辺では細長い乾燥させたパスタは作らないみたいだ。オリビアさんも見たことが無いと言っていた。

鶏ガラスープやコンソメがないのは、ただ単に食材自体の味が美味しいから、あまり使用しないのだと思っていた。

実際に調味料棚に置かれているのは、極々わずかなスパイスやビネガー、小麦粉、香草等。

オリーブ油とごま油に似た物はあったけど、醤油やソース、マヨネーズは無いみたい。

最初に料理を教えてもらった時に、塩・胡椒・砂糖が少し高価なのは分かっていたけど、ここまで無いと、どうすればいいか分かんないなぁ……。ハァ～……。

「オリビアさん、このスパイスって何ですか？」

「スパイス？　う〜ん、結構前に買ったんだけど、忘れちゃったわ〜……。売れないからって安くしてくれたんだけどね〜……」

見えるようになった便利なメモ（鑑定じゃなくてメモと言うことにした）を使うと、このスパイスの中身はターメリックとナツメグ！　これは王都に行ったときに商人さんに珍しいからと言われ購入したけど、使い道がよく分からないと言って棚にそのまま放置していたらしい。

買ってから開封していないみたいだから、まだ使えそうだ。スパイスがあるなら、カレーも作れるんじゃないかと期待してしまう……！

お母さんが作ってくれたカレーが食べたいな……。難しいだろうけど……。

「食事が終わったら、きっと皆さん、甘いものもほしいですよね」

パンやクッキーみたいな焼き菓子はあるけど、やわらかいスポンジケーキは無いそうで……。

パウンドケーキに似たものはあるようだけど、聞くとズッシリしてものすごく胃にもたれるってオリビアさんは言っていた。

果物がものすごく美味しいから必要ないのかな？　とも思ったりする。あのふわふわのスポンジに、生クリームと果物を一緒に挟んだら、すっごく美味しいと思うんだけどな〜。

砂糖が他の食材より高いから微妙かな？　あ、クレープだったら作れるかも？

お店の棚にある小麦粉も、強力粉に近いもので薄力粉はなかった。メモにはパンやピザに最適と記されている。ピザもいいな〜！

生地を捏ねたり、具材をトッピングするのもハルトとユウマに手伝ってもらえるし！

ピザのレシピという欄を見ると、いろんな種類のトッピングが出てくる……！　楽しい……！

郵便受けに入っていたピザ屋さんのチラシを見るの、楽しかったもんな～。

「ハルト、ユウマ、ピザだったら一緒に生地をこねこねして、好きな具材をトッピングできるかも」

「ぴざ？　おにぃちゃん、ぴざって、なんですか？」

「ぴじゃ、おぃちぃの～？」

あぁ、そうだ。ハルトとユウマは、まだ食べたことなかったかも……。

「そうだよ。まぁるい生地に、トマトソースと美味しい野菜をのせて、上にチーズをのせて焼いたら完成！　とろぉ～っとチーズが伸びて、すっごく美味しいんだよ～！」

「ぼく、ちーず、すきです！　ぱたーたも、すき！」

「ゆぅくん、まぃしゅのせちゃぃ！」

「パタータもマイスものせたら、もっと美味しくなるかも！」

「ほんとぉ？　ゆぅくん、いっぱいのせりゅ！」

「ぼくも！」

ハルトとユウマは、こちらの世界の野菜や果物の名前を僕よりも先に覚えてしまった。あまり違和感がないのかもしれない。

僕は最初戸惑ったけど、メモが出るようになってからはすごく助かっている。

「ねぇ、ユイトくん？」

「どうしたんですか？　オリビアさん」

オリビアさんが、とっても素敵な笑顔で尋ねてくる。

「私もピザっていうお料理、食べてみたいわ！　細長いパスタも、甘いのも全部！」

「えっ!?　急にどうしたんですか？」

「だってぇ～！　ユイトくんたら一人でいろんなお料理のこと言うから、私も食べたくなっちゃったのよ～！」

どうやら僕は、自分でも気付かないうちにブツブツ独り言を言っていたらしい。恥ずかしい……！

こうして第一回作戦会議では、メニューにオリビアさんの食べたいものが無事に追加されたのだった。


作戦会議を終えてハルトと一緒に店の前を掃除していると、村の警備をしてくれている衛兵のアイザックさんが通りかかった。

「お～！　ユイトにおチビちゃん！　元気にしてるか～？」

「おじさん、こんにちは！」

「アイザックさん、こんにちは。いまからお仕事ですか？」

もう日暮れ近いのに革鎧に身を包み、腰には剣を差している。ハルトはそれを見て「かっこいぃ！」と、ぴょんぴょんその場で飛び跳ねている。アイザックさんも、そんなハルトの姿を見て嬉しそうだ。

「あぁ、今日は夜番の日だからな」

「よばん？」

「ん？　夜の見張りのことだよ。魔物や盗賊が襲ってくるのは、夜のほうが多いからな」

「……盗賊も、出たりするんですか？」

「あぁ。昼に堂々と襲ってくるなんてことはしないからな。昼間に様子を窺って、寝静まった頃に大勢で一気に来ることがある」

「とぅぞく、こわぃ、です……」

話を聞いて怖くなったのか、ハルトが僕の足にぎゅっとしがみつく。

「だから村を守るために俺たちがいるんだぞ～？　おチビちゃんも、知らない人についていかないように気を付けろよ？」

「ぼく、つぃて、いきません！」

「よぉ～し！　偉いっ！」

アイザックさんはハルトの頭をわしゃわしゃと撫で、「じゃあな」と言って仕事に向かって行った。ハルトは小さく敬礼したまま、その後ろ姿を見送っていた。

すると、お店の扉からオリビアさんが僕たちの様子を見に顔を出した。

「ん～？　どうしたの、ユイトくん。難しい顔して？」

ビックリした！　眉間に寄っていたらしい僕の皺を、オリビアさんが指でグイグイと伸ばそうとしている。

「え？　僕、そんな顔してました？」

「してたわよ～？　ほら、あの子たちも真似してるでしょ？」

そう言われて横を向くと、ハルトとユウマが僕の真似をして眉間に力を入れていた。にらめっこしているみたいでちょっと可愛い。

「なぁに？　どうかしたの？」

「あ、いえ……。さっきアイザックさんに会ったんですけど、夜番って大変だなぁと思って」

「そうねぇ、寝ずの番だからね。最近はそんなに聞かないけど、昔はこの辺りも物騒だったからね。誰かが見張ってくれているおかげで、私たちも安心だもの」

「そうなんですね……。仕事中に、お腹とか空かないのかなぁと思って……」

「夜番は何かあったらすぐ対応できるように、座らずに食べられるものしか持っていかないわねぇ」


座らずに食べられるものかぁ……。パンとか干し肉かな……？

そういう仕事の人も気軽に食べられる料理があったら、喜んでくれるかなぁ……？

ハンバーガーにホットドッグ、サンドイッチ……。お米があったら、おにぎりが作れるのになぁ。

夜は長いからボリュームあるほうがいいよね？　カツサンドにコロッケパン……。

ん～、あとはどんなのがあるかな……。

「あら～、また始まっちゃったわ……。ユイトくんがあぁなると、美味しそうなものばっかり言うからお腹空くのよね～」

「おにぃちゃん、また、いってます」

「にぃに、しゅごぃねぇ」

「ほんとねぇ～？　でもおばあちゃん、そろそろお腹空いちゃったから……。お兄ちゃんにご飯の時間だよって、伝えてきてくれる？」

「はぁ〜い！」

「すみません、オリビアさん……。なんか夢中になっちゃって……」

つい考えるのが止まらなくなってしまい、ハルトとユウマに両側から顔を覗き込まれて、ようやく一人で夢中になっていたと気が付いた。

「ふふ、ユイトくんほんとにお料理が好きなのねぇ。ユイトくんが言うと、全部美味しそうで困っちゃうわ」

「なんか、いろんなもの試してみたくて……」

「いいじゃない！　美味しい料理が食べられるなら、私も大歓迎よ！」

オリビアさんはそう言って笑ってくれたけど、最近独り言が多いみたいだし、気を付けないと……！　そんなことを考えていたら、出掛けていたトーマスさんが帰ってきた。

「おじぃちゃん、おかえりなさぃ！」

「じぃじ、おかぇり〜！」

「ただいま。すぐ着替えてくるからな」

「はぁ〜い！」

朝からおじぃちゃんがいないと拗ねていたから、トーマスさんが帰ってきて二人はご機嫌だ。

「オリビア、ユイト、ただいま」

「おかえりなさい！　それにしても、随分と大きいわねぇ〜……」

「トーマスさん、おかえりなさい。それ、何ですか？」

「ん？　朝、出掛ける前に言っただろ？　お土産だよ」

トーマスさんがお土産として持って帰ってきたのは、〝レッドカウ〟という牛の魔物らしい。

素材は売って、お肉だけ貰ってきたと、何でもないような顔で言う。

朝は新人冒険者に同行して、お昼は魔物を狩って来るなんて……。

ミートパイは明日の夜、オリビアさんに教えてもらえることになった。レッドカウのお肉は脂肪分が少ないけど、すっごく柔らかくて美味しいんだって。

ハルトとユウマはお肉への興味もそこそこに、帰って来たトーマスさんにべったりだ。

「そうだ。アイツらが食べに来る日なんだが……。三日後で大丈夫か？」

「ええ、大丈夫よ。頑張りましょうね、ユイトくん！」

「はい！　精一杯おもてなしします！」

緊張と不安でドキドキするけど、ハルトとユウマのおてつだい大作戦もあるからね……！

当日は、心してかからなければ……！


今日の夕食は、三日前にご近所の方たちに貰ったお祝いの野菜を早く食べてしまおうということで、ハルトとユウマには野菜たっぷりのポトフとマイスのコロッケ、ブロッコリのマヨネーズ和え、トーマスさんとオリビアさんには、追加で茸《きのこ》のアヒージョを作ることになった。

困ったことに、オリビアさんは僕の料理が食べたいと言って、先生と生徒の役割が完全に逆転してしまった。今現在、オリビアさんはアヒージョ用の野菜を切ってくれています。

ポトフ用に、野菜で取ったスープを使う。スープは朝のうちに弱火でコトコト煮込んで冷まし、ザルで濾《こ》したから、たぶん美味しい出汁が出ていると思う。

熱したフライパンで鶏肉（美味しい魔物のお肉らしい……）をじっくりと焼き、そのフライパンにスープを入れる。炒めた油も旨みが出ているから、そのまま料理に使ってしまう。

鍋に切ったパタータ、オニオン、キャベジにカロッテ《にんじん》を入れ、そこに先ほどのスープを加えて中火でコトコト、野菜が柔らかくなるまで煮たら完成。

マイスのコロッケは、鍋でパタータを柔らかくなるまで茹でて水気をきり、皮を剝いてなめらかになるまで潰す。バターと生クリームを加えて混ぜ、そこにマイスを加えて更に混ぜ、食べやすい大きさに形を整える。小麦粉、溶き卵、パン粉を順につけ、揚げ油にそっと入れて、いい色になるまで揚げれば美味しそうなコロッケの完成。横にトマトソースを添えておく。

ブロッコリは茹でて、食べるときにマヨネーズをお好みでかけるだけ。

マヨネーズは作戦会議の後に卵黄と白ワインビネガー、油と塩を少し分けてもらって作ってみた。マスタードは無かったから、ある材料だけで試作。混ぜるのにすっごく時間がかかるから、今でも少し腕がだるい……。混ぜるときは、ハルトとユウマも少しだけお手伝いしてくれた。「疲れるからほんの少しだけね」と言ったら、二人とも真剣に混ぜていた。

だけど本番じゃないので、このことは内緒らしい。

次はトーマスさんとオリビアさん用のマッシュルームとエリンギのアヒージョ。マッシュルームはそのまま、エリンギは食べやすくカットして、あらかじめオリーブ油で軽くソテーしておく。

まず、オリーブ油にみじん切りにしたガーリクを加え、弱火にかける。いい匂いがするからか、トーマスさんがキッチンを覗いてハルトとユウマに「あぶないからだめ！」と怒られていた。

ガーリクから細かな泡が出てきたら、チィリ《唐辛子》をカットしたものを入れてそのまま熱し、油と絡ませるように煮込むだけで完成。

完成した料理をテーブルに並べると、トーマスさんがアヒージョを前にそわそわしていて、思わず笑ってしまう。

「お待たせしました！　どうぞ、召し上がれ！」

「いただきます（まちゅ）！」

ハルトとユウマはマイスのコロッケをぱくり。目をキラキラさせて、ほっぺを押さえている。

「おにぃちゃん、ころっけ、おいしぃです！」

「ゆぅくん、こぇちゅき～！」

「ありがとう！　ちゃんとよく噛んで食べるんだよ？」

「はぁ～い！」

二人がにこにこしながら食べているので癒されていると、その横でトーマスさんとオリビアさんは目を見開いていた。

「え？　どうしたんですか？　あ、お口に合わなか……」

「旨い……っ！」

「やだぁ～……！　これ、パンにのせても美味しいわぁ～……！」

「なに……!?　本当だ、これも旨い……！」

アヒージョ……、気に入ってもらえたようで何よりです……。

ガーリクは臭いが残ると言ったけど、オリビアさんは「それよりも食べたいから」と、黙々と食べていた。このアヒージョは魚介類で作ると、すっごく美味しいらしいとメモの内容を伝えると、二人は真剣な顔をして海に行くか相談していた。そんなに気に入ったんだ……。

ブロッコリのマヨネーズ和えは、僕の知っているマヨネーズの味じゃなかったけど、みんなたくさんつけて美味しいともりもり食べていた。用意していたマヨネーズが空になっている。

ポトフを食べながら、料理を気に入ってもらえて嬉しいと伝えると、トーマスさんとオリビアさんは「ユイトが作ってくれるから食事がもっと楽しみになった」と、笑顔で言ってくれた。

その横では、ハルトとユウマがにこにこしながらコロッケを食べている。

それを見て、お母さんが「いつもありがとう」と言って、僕の少し焦がした料理を食べてくれたのを思い出した。

少しだけ鼻の奥がツンとなって泣きそうになったけど、僕はそれを笑って誤魔化した。

「……ねぇねぇ、おにぃちゃん……」

夕食後、トーマスさんたちにおやすみと言って別れ、兄弟用のベッドで寝ていると、ハルトがこそこそと話しかけてきた。

「ん～……？　ハルトぉ、どうしたの……？　トイレ～……？」

ユウマはぐっすり寝入っている。僕は半分寝かかっていたので少しボーっとしているが、弟のトイレのために起きなければ……。

「ん～ん、ちがぅの。おてつだぃね？　おばぁちゃんのも、つくりたぃの」

「オリビアさんの……？」

「うん。おばぁちゃんにも、おれぃ、したぃです」

当日、トーマスさんにハルトとユウマも作りました～！　って、ビックリさせる作戦だったんだけど、ハルトはオリビアさんもビックリさせたいらしい。

そうだな、お世話になっているから、何か作って渡すのもいいかも。

でも、オリビアさんはいつも一緒だから、隠れて作るのは難しいなぁ……。

「おばぁちゃんの、つくれる？」

「ん～……、そうだなぁ……」

誰かに協力してもらって、オリビアさんを引き留めてもらえば……。いや、そんなに上手くはいかないか……。誰に頼む？　僕たち三人が家に残って、オリビアさんが出掛けてもおかしくない理由……。

……んん～～～、わかんない……！

「ハルトぉ～、お兄ちゃんが考えてみるから、今日はもう寝よぉ～……？」

「おれぃ、できる？」

「うん、一緒にオリビアさんにお礼しよう？　でも、当日まで内緒だからね？」

「うん！　おにぃちゃん、ありがと！」

「ハルトは優しいなぁ……。ほら、もう遅いからおやすみ……」

「はぁ～ぃ。おやすみなさぃ」

なんて良い子に育ったんだろう……、僕は猛烈に感動している……。

でも、これは責任重大だ。それに何を作ろうか？　オリビアさんも喜んで、ハルトとユウマも手伝える料理……。何が好きだったっけ？　苦手なものは？

……んん〜〜、わかんない……！

＊＊＊＊

……いつの間にか、窓の外は白んで朝になっていた。

結局、考え過ぎて少しだけしか眠れなかったな……。でも、おかげでちょっといいものを思いついた！　……ような気がする。

「おはようございます。トーマスさん、オリビアさん」

「あぁ、おはよう。ユイト」

「おはよう、ユイトくん」

今日のトーマスさんの予定は、冒険者ギルドに行って指名依頼の細かい確認と、お肉屋さんに頼まれたお肉（豚の魔物と鳥の魔物）の納品依頼。

魔物のお肉は、家畜とはまた違って、食べ応えがあって美味しいから人気があるんだって。お肉はいろんな村で必要だから、冒険者の人に依頼して納品してもらっているらしい。魔物って大きいよね……？　どうやって運んでるんだろう？

そして僕は朝から買い出しに。冒険者の人たちが来るのが明後日だから、今日と明日に分けて足りない食材を買いに行く。どれくらい食べるか分からないから、多めに買っておこう。

その間、オリビアさんはハルトとユウマと家でお留守番。僕が帰ってきたら、昨日言ってたミートパイを教えてもらうんだ。楽しみ！

朝食を軽く食べて、トーマスさんと一緒に家を出る。

「トーマスさん、魔物って大きいですよね？　どうやって運んでるんですか？」

「魔物か？　そうだな、家畜用ではなく魔物だからユイトの背丈は超すんじゃないか？　オレは昔、コレを手に入れたから運が良かったんだ。かなり経つが、今でも現役だよ」

そう言って、トーマスさんがポンと腰に巻いた毛皮の腰布？　を叩く。普通の毛皮だけど、それでどうやって……？　それが顔に出ていたのか、トーマスさんが笑いながら教えてくれた。

「これは〝魔法鞄〟と言って、見た目の何倍も物が入れられる便利な物なんだ。狩った獲物なんかはコレに入れて持ち運ぶようにしてる」

「これ、鞄なんですか？　おしゃれな毛皮を巻いてるのかと思ってました！」

言われないと全く分からなかった！　トーマスさんの持つコレは、山に登る人がゴツゴツした岩でも、濡れていたり、雪の積もったりしている場所なんかでも座れるように巻いている尻当てに見せかけた魔法の鞄だった。

本来はダンジョンのドロップ品か、王都の高級な魔導具のお店くらいにしか売ってないらしく……。普通に持っていると狙われやすいから、裁縫の得意なオリビアさんに頼んでカモフラージュしてるんだって！「だから内緒にしてくれ」と笑いながらお願いされた。

絶対言わないよ！　トーマスさんが狙われたらこわいもん！

それよりも、オリビアさんって裁縫が得意なのか……。いいことを聞いたぞ……。ふふふ……！

「じゃあな、ユイト。気を付けて」

「はい！　トーマスさんも気を付けて！　いってらっしゃい！」

トーマスさんと別れ、僕は村の店通りへ。

今日は野菜とお肉、牛乳に卵と、たくさん買うから二往復くらいする予定。最初は野菜を中心に売っているジョージさんのお店へ。

「ユイトくん、いらっしゃい！　今日は収穫したてのエッグプラント《ナス》とキュルビスがオススメだよ！」

「美味しそうですね！　今日はたくさん買う予定なので、オススメの野菜、ジョージさんのお任せでお願いします！」

「はいよ！　任せときな～！」

楽しそうに野菜を選んでくれているジョージさんに、目的のものを訊いてみることにする。

「ジョージさん、この辺りで裁縫が苦手で困っている人っていますか？」

「裁縫～？　どうした急に？」

「実はですね……」

ジョージさんに一通り事情を説明すると、「やっぱり坊主たちはいい子だなぁ～」と、涙ぐんでいた。このことはもちろん内緒にすると約束してくれた。

「それなら、肉屋のエリザに訊くのが一番手っ取り早いだろうよ！」

「あ～、やっぱりそうですよね～」

エリザさんはお話し好きの女性だが、今回のことがトーマスさんとオリビアさんにバレては困るため、正直悩んでいた……。

「あ～……。心配なのも分かるが、エリザは驚かせることが好きだからな！　ちゃんと我慢すると思うぞ？　……たぶんな？」

そう苦笑いしながら、ジョージさんは「頑張れ」と言って、見送ってくれた。やっぱりエリザさんに訊くのが一番早いか～……、時間もないしな～……。

「よし！　行くか！」

僕は覚悟を決めて、エリザさんのいるお肉屋さんへと向かった。


「ん～……。それでオリビアさんを、その間だけ、ねぇ……」

「はい……。誰かいませんか？」

意を決してエリザさんに相談したところ、何やら思案を巡らせてくれているようで……。

「それなら、初孫用のベビー服を自分で作りたいって人がいるわよ？」

「ベビー服ですか？」

「そうそう、この裏通りのメイソンさんのお宅なんだけどね？」

話を詳しく聞いてみると、裏通りで鍛冶屋をしているメイソンさんという男性は、早くに奥さんを亡くし娘さんを男手一つで育てたらしい。

数年前に結婚した娘さんが、この度おめでたいことに妊娠し、秋には第一子が誕生するという。

この辺りの村では、祖母が孫に〝ビブ〟という、日本でいうよだれかけや肌着などを手作りで贈る風習があるそうで、メイソンさんはそれを初孫に贈りたいと思っているらしい。

そのメイソンさんていう人、すっごく優しい人じゃない？　そんなことを聞いたら、誰だって手を貸したくなるよね、きっと……！

「いやぁ、それがね？　メイソンさんちょっと顔が怖いというか何というか……。女の人と子どもは怖がって話そうとしないのよ～！」

メイソンさんもそれを自覚しているのか、あまり人と話すのが得意じゃない様子。話すのは専ら冒険者や、エリザさんの夫のネッドさんらしい。たまに飲んでいるらしく、昨夜も一緒に飲んでいてそこでポロッと言っていたと。それを聞き逃さないエリザさんもスゴイな……。

「本当に悪い人じゃないのよ？」と言っているが、そんなに怖がるって、どんな人なんだろう？

エリザさんは裁縫があんまり得意じゃないから教えられない、とネッドさんが伝えたそうだ。

それって、すごくチャンスなのでは……？　でも、メイソンさんの都合も訊いてみないとなぁ……。それに僕、話したこともないし……。なんて悩んでいると、そこで思ってもみない助け船が。

「私も協力しようかしら？」

「えっ!?　ほんとですか!?」

「だって、こんなに面白そうなこと、ほっとけないじゃない？」

そこからはあっという間だった。

ネッドさんに店番を任せ、裏通りのメイソンさんのお店に突撃し、挨拶もそこそこに「ベビー服を教えてもらえるなら」と、逆にこちらがお願いされてしまったのだ……。

メイソンさんは額から左の頬にかけて大きめの傷があり、それで少し近寄りがたい雰囲気だったんだけど、話してみるとすっごく優しい人だった。

傷のせいで上手く笑えないから、それもあるだろうとメイソンさんは悲しそうに呟いた。

本当は村の人たちとも、もっと話したいんじゃないのかな……？

「メイソンさん、この作戦が終わったら、弟たちと遊びに来てもいいですか？」

「え？　弟って……。まだ小さいだろう？　泣くから止めた方がいい」

「ん～……。でもメイソンさん、秋におじいちゃんになるんですよね？　お孫さんの予行練習に、もってこいだと思うんですけど……？」

僕が冗談っぽく「ちょっと、赤ちゃんというには大きいですが」と言うと、メイソンさんは「じゃあ、お願いしようかな」と嬉しそうに笑ってくれた。


「戻りました～！」

「ユイトくん、おかえり～……、ってエリザ？　どうしたの？」

そして現在、買い物袋いっぱいの野菜とお肉を抱えた僕は、一度目の買い出しを終え、エリザさんと共に家に戻ってきたのだ。

出迎えてくれたオリビアさんは、一緒にエリザさんがいることに驚いている。

「オリビアさんにちょっとお願いがあって……！　聞いてもらえないかしら……？」

「なぁに？　珍しいわね？」

「実はね……？」

……僕はこの日、エリザさんはもの凄く演技が上手いと知ったのだった。

そして、メイソンさんのベビー服の話に感動したオリビアさんは、明日の昼食後、エリザさんと共にメイソンさんのお宅へ裁縫を教えに行くことになった！

エリザさん、ありがとう……！

「おにぃちゃん、うまく、いきました！」

「いや、ハルト……！　まだ油断は禁物だよ？　ユウマも、まだ内緒だからね？」

「うん……！　ゆぅくん、なぃちょ……！」

「だれにも、ひみつ……、です！」

勝負は明日の昼食後！　オリビアさんに、美味しいものを作らなければ……！

僕たち兄弟はテーブルの陰でこそこそと、明日の作戦成功を願ったのだった。

家を出た後、オリビアさんが見ていないことを確認してエリザさんにお礼を伝え、僕は二度目の買い出しへ向かった。

次の買い出しは、明日の作戦でハルトやユウマと一緒に作るのに欠かせない、とっても、と〜っても大事なもの。

「こんにちは〜！」

「あ、いらっしゃい！」

ハワードさんのお店に行くと、店番をしている息子のダニエルくんがにこやかに出迎えてくれた。

「この間は、騒がしくしちゃってごめんなさい」

「いやいや。父さんも楽しそうだったし、大丈夫だよ」

初めてこの店に買い物に来た日、ユウマが牛乳をくれたハワードさんを気に入っちゃって……。

ずっと離れずに話していたから、ダニエルくんが代わりに裏で注文とか在庫の確認、従業員さんへの指示とかしてくれていたみたいなんだよね……。

仕事を増やしてしまって、本当に申し訳ない……。

「今日はずいぶん買い込むんだね？　重たくない？」

「明後日、トーマスさんの知り合いの人がたくさん来るから、その分の仕込みで使うんです」

買い物籠いっぱいに牛乳とバター、生クリームにチーズを買い込むと、重たかったらあとで配達しようか？　と提案してくれた。

これくらいなら、たぶん大丈夫……！　「明日も買いに来るかもしれない」と伝えると、満面の笑みで「お待ちしております」と、お見送りしてくれた。

そして次は、卵を売っているフローラさんのお店……！　と思ったけど、やっぱり重たいので一度家に戻ることにした。

冷蔵庫に入れるのはオリビアさんに任せて、僕は急いでフローラさんのお店へ。

「あらぁ、いらっしゃい」

「こんにちは！」

優しい笑顔で迎えてくれたフローラさん。ここでも卵をたくさん購入して、割れないように卵専用の買い物籠へ。玉子サンドを楽しみにしてくれているので、お店を開けたら「すぐに食べに行くわね」と言ってくれた。

僕が急いでいたのには理由があって、今日はオリビアさんにミートパイの作り方を教わるんだ！

パイは少し時間がかかるから、お昼には作る準備をしないといけない。だから、卵を割らないように慎重に、そして尚且つ早足で帰る。

「遅くなってすみません！　オリビアさん、ただいま戻りました～！」

「おかえりなさい、ユイトくん！　今日はお疲れさま！」

「おにぃちゃん、おかぇりなさぃ！」

「にぃに、おかぇり～！」

「ハルト、ユウマ、ただいま～！」

今日の昼食は軽くスープとパンで済ませ、ミートパイを作るため手を洗ってキッチンへ。

「じゃあ、早速作りましょうか！」

「はい！　お願いします！」

今日も、ハルトとユウマはカウンターで応援……、と思いきや、ミニトマトのヘタを黙々と取っている。二人の表情は真剣そのものだ。集中しすぎて唇がとんがっていてすごく可愛い。

パイ生地の材料は小麦粉に冷水、そしてバター。材料は使う直前まで冷やしておくこと。

まずはボウルにバターと小麦粉をふるい入れて、ボウルの中でバターを細かく刻んだら、粉とバターをすり合わせる。

全体が細かくポロポロになったら真ん中をくぼませ、そこに水を加え、粉をかけながら更に全体を切るように混ぜ合わせていく。

生地をひとまとめにし、切り込みを十字に入れて、布巾で包み冷蔵庫で一時間休ませておく。

ハルトとユウマはと言うと、今度はスナップピー《スナップエンドウ》の筋取りを任されている。あいかわらず唇がとんがっていて、二人ともすごく可愛い。

生地を冷やしている間に、次はミートパイのタネ作り。フライパンで油を熱し、みじん切りにしたオニオンを入れて焦げないようによく炒めたら取り出して冷ましておく。

ボウルにトーマスさんが狩ってきたレッドカウという牛の魔物の挽き肉、パン粉、卵、手作りのトマトソース、少しだけ塩と胡椒を入れ、粘りがでるまでしっかり捏ねる。そこに炒めておいたオニオンを加え、もう一度混ぜ合わせる。

時間が経ったら粉をふるった台に生地をのせて、上から麺棒でぎゅっぎゅっと押し付けるように生地を延ばしていく。そして生地を三つ折りにして、また麺棒を押し付けるように延ばしていき、布巾に包んでまた冷蔵庫へ。

それを何度か繰り返し、しっとりとまとまってきたら生地の完成！

パイ生地は上と下の二枚分になるように切り分けて、薄く延ばしておく。

まずは下用のパイシートを型より大きめに敷き込み、余分な生地を切り落として底にフォークで穴を所々あけ、混ぜ合わせたタネを敷き詰める。

上用のパイシートは、打ち粉をしながら麺棒で少し延ばし、帯状に切り分ける。

帯状に切ったパイシートを編み込むようにのせ、帯に溶き卵を塗り、予熱しておいたオーブンで三十分ほど焼く。

焼き上がり、粗熱が取れたら器に盛り完成！

すっごく手間が掛かるけど、見た目も匂いも完璧で、これは絶対美味しいに決まってる……！

さっきからハルトとユウマがそわそわしてるし、家中が美味しい匂いで充満してる。

あぁ〜〜！　トーマスさん、早く帰ってきて……！

「みんな揃ったわね！　はい、どうぞ召し上がれ！」

「いただきます（まちゅ）！　……おいし〜〜〜っ！」

オリビアさん自慢のミートパイ、夢中で食べました。トーマスさんの好物なはずだよね。

隣のカーターさんのお家の分も作ったから、きっと喜んでくれるに違いない！　口いっぱいに頬張って食べる僕たちを見て、二人は「取らないからゆっくり食べなさい」と笑っていた。

思わず、「またこのお肉、狩ってきてください」って、トーマスさんにお願いしてしまった。

それを聞いたトーマスさんとオリビアさんは、すごく嬉しそうだった。


「ほぉー、それでメイソンの所に？」

夕食後、ソファーでのんびりしながら明日の予定の話に。どうやら、トーマスさんもメイソンさんと知り合いのようだ。

「そうなのよ。産まれてくるお孫さんに、手作りのベビー服を贈ってあげたいんですって！　だから明日のお昼に、エリザと一緒に教えに行くことになったのよ」

「そうか。アイツは手先が器用だから、すぐ作れるようになるんじゃないか？　その間、ユイトたちはどうするんだ？」

「あ、僕たちは家で留守番してます！　いたら裁縫の邪魔になるかもしれないので！　ねっ？」

僕はすかさず良い子でお家にいるアピール！

「はぃ！　ぼく、おるすばん、できます！」

「ゆぅくんも！　できりゅよ！」

ハルトとユウマも僕の考えが伝わったのか、一緒になって良い子でいますとアピール中。

「そうか？　オレも明日は仕事があるからなぁ……。危ないことはしないようにな？」

「はぁ～い！」

「やけに元気だなぁ……」

「そんなことないですよ～！　やだなぁ、トーマスさん！」

「おじぃちゃん、や、です！」

「じぃじ、やー！」

「ふふ。じゃあ明日は、ユイトくんたちお留守番お願いね？」

「はい！　任せてください！」

トーマスさんは怪しんでいたけど、オリビアさんは笑っていたから何とかセーフ？

これでアレが作れる……！　頑張るぞ～！


トーマスさんたちとおやすみの挨拶をして別れた後、僕たち兄弟のベッドの上では、こそこそと明日の作戦会議が行われていた。

「おにぃちゃん、あした、せぃこぅ、です！」

「しぇぃこ～！」

「いや、まだ気を抜いちゃだめだ……！　完成させるまでは、油断大敵だからね……？」

「ゆだん……！　たぃてき……！」

「たぃてき……！」

「明日は美味しいもの作ろうね！　頑張るぞ～！　エイエイ……？」

「おー！」

明日の作戦は、果たして上手くいくのだろうか……？　いや、きっと大丈夫なはず！　ハルトのためにも、絶対成功させる！

どうか明日は、上手くいきますように……！

窓の外に広がる星空に向かって、僕は祈りを込めて眠りについた。

＊＊＊＊

ハルトとユウマも、今朝の目覚めはバッチリだったようで、いつもより早く起きてトーマスさんとオリビアさんに挨拶している。

「今日は早起きだな、二人とも。ちゃんと顔も洗ってえらいぞ」

「ぼく、ちゃんと、おきれます！」

「ゆぅくんも！　できりゅよ！」

トーマスさんに褒められ、二人は揃ってエッヘンと胸を張りポーズを決めている。

それを見たトーマスさんとオリビアさんは、目尻をこれでもかというくらい下げて笑っていた。

でも惜しい……！　今日も後ろの髪の毛がはねている……！

それを指摘しないあたり、この二人は弟たちにすごく甘いことが窺えた。

今日のみんなの予定はこうだ。

トーマスさんはお肉屋さんに頼まれたお肉（豚の魔物と鳥の魔物）の納品依頼の続きで、豚の魔物を狩りに行くそうだ。ちょっと遅くなるから夕食は要らないって。

オリビアさんは明日の仕込み。そして、昼食後にエリザさんと一緒にメイソンさんの家へベビー服の作り方を教えに行く。

そして僕たち兄弟は、秘密の作戦を決行する……！

エリザさんには協力してもらっているので大丈夫だと思うけど、バレてはいけないので、失敗せずに一度で成功させなければならないのである……！

「じゃあ、行ってくるよ。今日は子どもたちだけで心配だが……。ハルトもユウマも、ちゃんとユイトの言うことを聞いて、危ないことはしないように。いいね？」

「はい！　大丈夫です！　気を付けて行ってきてください！」

「そんなに心配しなくても大丈夫よ～！　トーマスも気を付けてね？　行ってらっしゃい」

「おじぃちゃん、いってらっしゃぃ！」

「じぃじ、いってらっちゃ～ぃ！」

「あぁ、いい子にしてるんだぞ？」

「はぁーい！」

僕たちの様子に、「心配だなぁ」と、どこか怪しんでいるトーマスさんを、僕たちは満面の笑みで送り出した。

フゥ……！　アブナイ、アブナイ……！

トーマスさんを見送った後、僕は今日も明日の分の食材の買い出しに向かう。

昨日もすごい量を買ったけど、「もっと買っておいたほうがいい」と言うトーマスさんとオリビアさんの意見を受け、また買い物籠いっぱいに食材を購入。

さらに店と家を三往復した。

今日は明日のために大量の野菜や肉のカット、パスタやピザ用の生地を捏ねたり、やることがたくさんある。

本当は食材の鮮度の面で当日に仕込みたいんだけど、かなりの量を食べると聞いていたから、料理を出すのが間に合わないだろうというオリビアさんの判断で、今日と明日、そして当日の朝から昼にかけて仕込みをすることになった。

ベビー服を教えに行くのは、僕たちの休憩時間（ハルトとユウマのお昼寝タイム）らしいので、そこが今日の最重要ポイント。

ハルトとユウマも気合が入っているので、早速腕まくりをしてやる気十分だ。

まずは野菜の仕込み。

オニオンやキャベジ、カロッテにアスパラゴ、カットできるものは全て仕込む。

パタータは切ると少し変色してしまうので、当日カットすることに。コロッケにする分は全て茹で、マッシュ状にして冷蔵庫に保管。

マヨネーズは日持ちするか分からないので、当日の朝に仕込むことにする。マヨネーズが作れたから、今度はタルタルソースにも挑戦してみる。なので、卵も多めに茹でておいた。

野菜の仕込みを終え、次はハルトとユウマの待ちに待った生地作り！　ピザ生地はハルトとユウマ、パスタの生地は僕が担当し、生地を休ませるまでの工程を一緒に作業していく。
オリビアさんは時々、ハルトたちの補助をしながらミートソースを仕込んでいる。

このお店には強力粉に近いものしかなかったんだけど、パン屋のジョナスさんに相談したら薄力粉にドライイースト、ベーキングパウダーまで分けてもらえた！

今度ジョナスさんに、食材を取り扱う専門のお店を紹介してもらえることになったから、今からすっごく楽しみだ！

まずはピザ生地から。

強力粉、薄力粉、砂糖に塩、ドライイースト、水、オリーブ油をきちんと量る工程。ハルトとユウマは、顔中粉だらけになりながらも真剣に量っている。

強力粉と薄力粉をザルで振るいながら大きめのボウルに入れ、粉の真ん中にドーナツ状の穴をあけて、そこに残りの材料をすべて入れる。

ハルトがボウルを押さえ、ユウマが木べらで混ぜる。そして交替し、今度はハルトが混ぜてユウマがボウルを押さえての作業だ。

ある程度混ざってきたら、それを作業台の上に取り出し手で捏ねていく。二人とも真剣そのものだ。生地を叩きつける工程はまだ二人では力が足りないので、ここでオリビアさんに手伝ってもらう。「ストレス解消になる」と言って、楽しそうにやっていた。

生地がまとまってツルッとしてきたら、ボウルに戻して布巾をかけ生地を休ませる。その間ハルトとユウマは牛乳を飲んで休憩だ。口に白いひげを付けて、ふうと一息。一仕事終えた顔をしていて面白い。

そして僕の担当のパスタ生地。

材料は強力粉、卵黄に水、オリーブ油、塩。これもきちんと分量を量り、大きめのボウルに粉を振るい入れて、残りの材料を加えて混ぜ合わせ、しっかりと捏ねていく。

この生地は半日ほど休ませるので、生地を延ばして切るのは明日の仕事。乾燥しないように布巾をかけて冷蔵庫の中へ。

「ハルト、ユウマ、お疲れさま！　生地作り、どうだった？」

「きじ、すっごく、たのしぃです！」

「ゆぅくんも！　たのちぃよ！」

「もうちょっとしたら、また生地作り始めるからね？　それまでゆっくりしてて」

「はぁ～い！」

二人は足を揺らしてご機嫌の様子。こんなに楽しそうなら、また一緒にお手伝いを頼もうかな。

そろそろ生地の発酵もいい具合かな、と二人を呼んでボウルの中をそうっと覗いてみると、生地は先ほどよりも二回り近く膨らんでいた。

「わぁ～！　おっきぃ！　すごぃです！」

「なんでぇ？　なんでおっきぃのぉ？」

生地を見た二人は大興奮で、取り出した生地を可愛い指先でつんつんしている。

「生地もお休みして大きくなったんだよ～！　いまから、この中に溜まっているガスを抜いてもらいます！」

「おにぃちゃん、がすって、なんですか？」

「ガスはねぇ、この生地の中に溜まった空気のことだよ。この空気を抜いたら、もっと美味しいピザ生地になるんだよ」

「おぃちくなりゅの～？」

「うん！　そしたらトーマスさんも喜ぶねぇ？」

「じぃじ、よろこぶ？」

「おじぃちゃんに、おいしぃの、あげたぃ、です！」

「では、みんなでもっと美味しくしましょ～！　エイエイ？」

「お～！」

台に取り出した生地を、ハルトとユウマが体重をかけてガス抜きし、ある程度抜けたら今度は濡れ布巾を被せて少し休憩。

そして打ち粉をした台に生地を取り出し、作る枚数分に生地を切り分けていく。切り分けた生地は丸くして、一つずつ麺棒で延ばし、延ばした生地にフォークで穴を開けていく。「大体このくらいの大きさにしてね」と、一つ見本を見せてお願いしたら、二人はまた真剣に延ばし始めた。

オリビアさんが、「ハルトちゃんもユウマちゃんも、今までに見たことないくらい真剣ね」と笑っている。

何というか、二人とも職人の顔をしているな……。

「ふぅ……！　できました……！」

「い～っぱぃ！　ちゅくったよ！」

「二人ともありがとう！　すっごく上手に出来たねぇ！」

「あら、ホントだわぁ～！　とってもきれい！」

僕とオリビアさんに褒められて、二人は満足そうにエッヘン！　と胸を張ってポーズを決める。

あまりにも可愛くて、オリビアさんと二人で笑ってしまった。

生地は明日焼くので、今日は一枚ずつ冷凍保存。ハルトとユウマはまたしばらく休憩だ。

「あら、もうこんな時間？　そろそろお昼にしましょうか」

「そうですね。二人とも、手を洗いに行こっか」

「はぁ～い」

今日のお昼は簡単にオムレツとサラダに牛乳と、シンプルなもの。ちょうど食べ終わった頃、エリザさんがオリビアさんを迎えに来たようだ。

「オリビアさん、後片付けはやっておきますね」

「助かるわ！　留守はお願いね？　誰か来ても、確認してから開けるのよ？」

「ふふ、大丈夫です！」

「じゃあ、行ってくるわね！」

「はい、気を付けて！」

「おばぁちゃん、いってらっしゃぃ！」

「ばぁば！　いってらっちゃ～ぃ！」

にこにこするオリビアさんを見送り、僕たち三人は顔を見合わせ頷いた。

「よし！　いまから時間との勝負だよ！　ハルト！　ユウマ！　頑張ろうね！　エイエイ……？」

「お～っ!!」

◇◆◇◆◇

「メイソンさぁ〜〜〜ん！　来たわよぉ〜〜〜っ！」

「ちょっとエリザ……！　声が大きいわ……！」

「だって、店にいないんだもの〜」

裁縫を教えるためにメイソンさんのお店に来たのはいいのだけれど、肝心のメイソンさんが見当たらない……。

どうしたのかしら？　と思っていたら、大柄な男性が音もなく後ろからぬっと現れた。

「……今日はわざわざ、すみません。どうぞ、上がってください……」

「お邪魔します！　オリビアさん、入りましょ！」

「え、えぇ……。お邪魔、します……」

ちょっとビックリしちゃったわ……。気配消すの上手いのね、この人……。

お店の二階にある自宅にお邪魔すると、そこには素敵な布がテーブルの上にたくさん積み上げてあって……。

そのどれもが、肌触りが良さそうな物ばかり。

「ねぇ、メイソンさん。これ、もしかして全部お孫さん用の？」

「……あぁ。どれがいいか、分からなくて……。見かけたら買うようにしてるんだが……」

「まぁ〜！　これ肌触りが良さそうね？　オリビアさん、これなら男の子でも女の子でも似合いそうよ！」

　エリザが指差して言ったのは、コットン素材のふんわりと優しい色合いをした大きな一枚布。

「メイソンさん、この生地……、触ってもいいかしら？」

「……あぁ」

「失礼するわね？　すごく柔らかいし、これならベビー服にもピッタリね」

「ホントね。秋に産まれる予定なら、少し肌寒い日もこれでいいんじゃない？」

「……それで、作れそうか？」

「えぇ、大丈夫よ。心配いらないわ」

「作るのはメイソンさんだから、頑張ってね！」

「……あぁ。やってみる」

　それから私たちはベビー服の型紙を作り、その間にメイソンさんは裁縫道具の準備と、私たち用に先ほど買ってきたというお茶を淹れてくれた。

「あ、そこはきちんと切らないと、あとで余ってしまうのよ」

「あら！　メイソンさんったら、器用じゃないの！　この調子だと、余った布地でベビーケープも作れちゃうわ！」

「……」

「そうそう、そこで折り返した布地の裏から縫い始めるの。この縫い方だと赤ちゃんの肌に当たらなくていいのよ」

「もう出来たの……!?　ちょっと待って！　私より上手いじゃない……！　まだ布地も余ってるし、

あともう一着作ってみたら？」

「……」

……この人、本当に話さないのね？　ちょっとビックリしちゃったわ……。私とエリザしか話してないいんだもの。

メイソンさんは、私とエリザの言葉にこくりと頷くものの、視線は自分の手元に集中している。

初孫だもの、真剣にもなるわよね？　私も張り切っちゃうわ！

エリザの励ましと、私も教えるのに熱が入り、とうとうベビー服が完成！　しかも三着も！　初めて作ったとは思えない代物よ！

「……ありがとう。これで、娘と孫に贈り物ができるよ」

完成したベビー服を大事そうに抱えて感慨深く眺めるメイソンさんに、私もエリザもホロッときてしまったわ。本当に良かった……。

「……ユイトくんに、ありがとうと伝えてくれ」

「ユイトくんに？」

「……俺は、自分の顔が怖いっていう自覚があるんだ。こんな傷だしな。笑うと引《ひ》き攣《つ》って、見れたもんじゃない……」

メイソンさんが自分のことをそんなふうに思っていたなんて……。

私とエリザは言葉が出なくて、黙って聞いていた。

「……でもあの子は、『孫に贈り物を考える人が、怖いわけがない』と言ってな。今度、弟たちと遊びに来ると言ってくれた。初孫と遊ぶ予行練習にだと」

目を細め、「笑っちまうよなぁ」と、メイソンさんは嬉しそうに呟いた。

「……あの子は、あんたん家《ち》の自慢だろうな。羨ましいよ」

「……えぇ、……そうなの。……そうなのよ！　とっても優しくて可愛いの！　下の子たちも可愛くて、目に入れても痛くないってこのことなんだって思ったわ！　それにねっ、」

「わかった、わかった。落ち着いてくれ」

「ハッ！　あら、ごめんなさい！　つい興奮しちゃって……」

「オリビアさんのそんなとこ、私も初めて見たよ！」

「……俺も、孫をそんな風に思うのかねぇ」

「そうよ！　お孫さんが産まれたら、可愛くて可愛くて、あなたも何でもできる気になっちゃうわ！」

「ハハ、楽しみにしておくよ」

ちゃんと話したことはなかったけれど、今日だけでとってもいい人だって分かった気がするわ。

お孫さんが産まれたら、お祝いしなくちゃね？

「あら……、結構長居しちゃったわね？　ユイトくんたちも心配だし、そろそろお暇《いとま》するわ。メイソンさん、お茶とっても美味しかったわ！　ごちそうさま！」

「あ、本当ね。メイソンさん、お茶ありがとう。美味しかったわ！　またネッドと飲んでやってね」

「あぁ、こちらこそありがとう。助かったよ」

二人にお別れを言って、可愛いあの子たちの待つ家に帰ることにした。

ちゃんといい子でお留守番しているかしら？　……大丈夫よね、きっと。

あぁ～、早くあの子たちに会いたいわ。

「メイソンさん、協力ありがとう～！　時間を延ばせてよかったわ！」

「いや、こちらこそ。二階まで上ってもらって申し訳なかったが……。エリザの言う通り、良い人だったな」

「でしょう～？　あの一家はね、み～んな、お人好しなのよ～！　こっちが心配になっちゃうくらい！」

「ハハ！　それは違いないな……」

オリビアを見送った二人がこんな会話をしているなど、当の本人は気付くはずもなかった。

◇◆◇◆◇

「さて、ハルトくん、ユウマくん。ここからは時間がありません。なので、ここからはお兄ちゃんの指示に従ってもらいます！」

「おにぃちゃん、したがぅって、なんですか？」

「教えてもらったことを、ちゃんとするってことだよ。二人とも、できますか？」

「はぁ～い！」

「では、頑張るぞ～！　エイエイ？」

「お〜！」

あの晩、僕が考えたのはアイスクリーム。オリビアさんは「甘いものも食べたい」って言っていたから、なるべく火は使わないで二人が安全にできるものと考えたらアイスクリームが浮かんだ。

材料は砂糖を使わなくて済むように、バナナは皮が少し黒くなったもの、牛乳と生クリーム、リモーネ《レモン》を搾った果汁だけ。

「では二人とも、準備はいいですか？」

「はぁ〜い！」

しっかり手を洗って、二人はやる気満々。

「じゃあまず、バナナの皮と筋を取って、ボウルに入れてください」

「おにぃちゃん、ばなな、くろぃです……」

「あ、これはねぇ、少し黒くなったほうが、甘くてお砂糖が要らないんだよ」

「あまぃの？」

「ちょっと食べてみる？　ハルトもユウマもお口開けて？　ほら、あ〜ん……」

二人とも可愛らしい口を開けて、バナナをパクリ。もぐもぐと咀嚼《そしゃく》する。

「ん〜！　あまぁ〜い！」

甘くて美味しいバナナを食べて元気になったので、この調子でどんどん作業を進めていこう！

「では！　このバナナを入れたボウルに、色が変わらないようにリモーネの果汁を入れて、潰してください」

「ぼく、おさえるね？　ゆぅくん、さき、どぅぞ！」

「ん！　ゆぅくん、がんばりゅ！」

ユウマは「うんしょ、うんしょ」と、一生懸命バナナを潰そうとするが、滑ってなかなか上手くいかず、苦戦している様子……。

「ゆぅくん、ぼく、かわるね」

「はるくん、ありぁと！」

おっ！　ここでお兄ちゃんのハルトが選手交代してバナナを潰すようです……！　果たして、上手くいくのでしょうか……!?　……なんて、やってる場合じゃないな。

「大丈夫？　お兄ちゃん、代わろうか？」

「んーん、だいじょぶ！」

「はるくん、がんばってぇ！」

「がんばる！」

ハルトは器用に、木べらをボウルの側面に当ててバナナを潰していく。これなら木べらの先が滑らずに、ある程度バナナを潰せるな。そしてバナナの形がどんどん無くなってきたところで、またユウマに交替。かなり滑らかになってきた。

「おぉ～！　これなら大丈夫だよ！　二人とも、がんばったねぇ！」

「ゆぅくん、やったね！」

「うん！　はるくん、ありぁと！」

次は一番の最難関……！　別のボウルに生クリームを入れて、ボウルの底を氷水に当てながら泡立て器で軽く泡立てる作業。

「これはかなり疲れると思うから、お兄ちゃんがするね？」

「んーん、ぼく、やります！」

「はるくん、がんばってぇ！」

なんだか、今回のおてつだい大作戦で、ハルトが成長している気がする……！

先ほどまで固まる気配のなかった生クリームが、時間をかけて少しずつ角が出るようになってきた……！

「ふぅ……。ゆぅくん、かわりばんこ、おねがぃ」

「ゆぅくん、がんばりゅね！」

え、待って待って？　もしかしてハルト、仕上げをユウマに代わってあげたの？　お兄ちゃん、そういうの弱いんだけど……。

「はるくん！　にぃに！　できたぁ？」

「お～！　これで完璧だよ～！」

「ゆぅくん、がんばりました！」

「はるくんも！　しゅごぉい！」

ハァ～～……！　僕の弟たち、可愛すぎる……!!　思わず唸りそうになってしまう……。

そして、二人が頑張ってバナナを潰したボウルに、牛乳と二人が頑張って泡立てた生クリームを加えて木ベラで混ぜ、バットに流し入れて冷凍庫で冷やす。

「おにぃちゃん、これで、できた？」

「あとはね、もう少し凍らせてからフォークでかき混ぜて、それを二回くらい繰り返したら完成だよ」

「じゃあ、まぜて、かんせぃ？」

「そう！　だから明日には、美味し〜いアイスクリームの完成！」

「やったぁ〜！」

初めて自分たちで作ったせいか、二人はとってもはしゃいでいた。これは絶対に喜んでもらえると思う！　ピザとアイスを見たトーマスさんとオリビアさんの驚いた顔が、目に浮かぶな……。

ふふ、明日がすっごく楽しみだなぁ〜！

どうか上手くいきますように！


「ただいまぁ〜！」

後片付けが一段落し、家のリビングで休憩していたら、ちょうどオリビアさんが帰ってきた。

「オリビアさん、おかえりなさい！」

「あら、あの子たちは？」

「疲れたのか、二人ともぐっすりです」

「あらぁ〜。今日は生地作り、頑張ってたものね！」

オリビアさんは、家のソファーでぐっすり眠る二人を見てにこにこしている。

あ、メイソンさんのベビー服作り、上手くできたのかな？

「メイソンさん、大丈夫でしたか？」

「えぇ！　一度教えたら、器用で手直しも要らなかったわ！　エリザも『他にも作ってみたら？』

なんて言うものだから楽しくなっちゃって、三着も作っちゃったのよ～！」

そう言いながら、「遅くなっちゃってごめんなさい」と、申し訳なさそうに謝るオリビアさんには悪いけど……。エリザさんとメイソンさん、上手く時間を延ばしてくれていたんだな、と心の中で感謝した。

「今日はトーマスも遅くなるって言ってたし、明日に備えて早めに寝ましょうか？」

「そうですね。ハルトとユウマも慣れないことしたから、夕食の後もすぐ寝ちゃうと思います」

「じゃあ今夜は軽めに食べて、朝食を多めに取りましょ」

「はい。じゃあ、スープ作っておきますね」

さっき、明日の分を仕込むときに夕食用の野菜も切っておいたから、すぐに用意できるな、と頭の中で段取りを決める。

「あら、私が作るわよ？　ユイトくんも朝から疲れたでしょう？」

「大丈夫ですよ？　オリビアさんも歩いてきたんだから、少しゆっくりしてください」

「ふふ、ありがとう。お言葉に甘えようかしら」

「はい！　いっぱい、甘えてくださいね！」

「まぁ～！」

二人でふふっと笑いあい、オリビアさんは二人を起こさないように椅子に腰かけ、僕はお店のキッチンへ。

最近一人になると、ふと考えることがある。

こっちの世界に来る前の僕は、働く母の助けになればと家の手伝いをしていたけど、料理だって簡単に作れるものくらいしかしてなくて、自分で食べてもそんなに美味しくなかった。

最後のほうは自分でも馴れてきたなと思ったけど、すぐに父に引き取られてあの生活になってしまった。なのに今は、なんだか体が使い方を知っているように動くんだよな……。

……やっぱり、母と祖父母の知識のおかげなのかなぁ、とぼんやり思う。

女神様にお礼をするなら、やっぱり教会とかかなぁ？

僕にこうやって母たちの知識が残っているんなら、ハルトとユウマもそのうち分かるようになるのかな……？

そんなことを考えながら、僕は夕食のスープをゆっくりとかき混ぜていた。


夕食を食べ終え、オリビアさんも弟たちもすでに就寝し、僕もベッドの上で明日のことを考えていたけど、そろそろ瞼が重くなってきた。

少しだけ水を飲んで寝ようかと、二人を起こさないようにそうっと部屋を出る。すると、玄関の方で扉が開く音がした。

「あ。トーマスさん、おかえりなさい」

「ただいま。まだ起きてたのか。今日はちゃんとお利口にしてたか？」

「ふふ、大丈夫です！　もう寝ちゃいましたけど、ハルトとユウマもちゃんとお利口でしたよ？」

「そうか、それだけが心配だったんだよ。ユイトもたくさん準備していたんだろう？　お疲れさま」

そう言って、頭を優しく撫でられる。

胸の奥がじぃんと温かくなって、肩の力が少し抜けた気がした。自分でも気付かないうちに、ちょっと気が張っていたのかもしれない。

「スープなら残ってるんで、温めましょうか？」

「いや、大丈夫だよ。体を拭いて寝るから、ユイトももう寝なさい」

「はい……。じゃあ、トーマスさん、おやすみなさい」

「あぁ、おやすみ」

明日は美味しいって言ってくれるかな？　上手くいくといいなぁ、なんて願いながら、僕は弟たちの寝息が聞こえてくるベッドの上で、そっと目を閉じた。

第六章

僕の初めてのお客さま

「おにぃちゃん！　あさです！　おきて～！」

「にぃに～！　あしゃよ～！」

「ん～……」

昨日早めに寝た弟たちが、僕を起こそうと近くに寄ってくるのが分かった。

だけど僕は毛布に包《くる》まったまま起きようとしない。焦れたハルトとユウマがベッドの上を移動してくる気配を感じる。……今だ！

「二人とも、おはよ～っ！」

「きゃあ～っ！」

包まっていた毛布をばっと広げ、近寄ってきた二人を毛布の中へぎゅうっと閉じ込める。ハルトとユウマは、きゃあきゃあ言いながら毛布から出ようと、僕の腕の中でもがいている。

朝からご機嫌なようで何より。お兄ちゃんは嬉しいよ。

三人ではしゃいでいると、オリビアさんが扉をノックして入ってきた。

……あ！　うるさかったかな？

「んん……ッ！　……みんな、おはよう！　朝から楽しそうね？」

毛布に包まって遊んでいる僕たちを見て、オリビアさんは一瞬スカートをぎゅっと握りしめていた。

「オリビアさん、おはようございます！」

「おばぁちゃん、おはよぅ、ござぃます！」

「ばぁば、おはよ！」

「さぁ、今日は忙しいわよ～！　頑張りましょうね！」

「はぁ～い！」

顔を洗って支度はバッチリ！　ハルトとユウマ、そして自分の寝癖も直したし、今日は完璧！

「おはよう。三人とも、朝から元気だな」

「トーマスさん、おはようございます！　今日は皆さん、いつ頃来られる予定ですか？」

「今日は『九時課の鐘が鳴ったら、絶対に仕事を終わらせる』と、イドリスが言い張っていたからなぁ……。ん？　ほら、危ないからじっとしなさい。……その後には、来ると思う」

「わかりました！　楽しみにしていると伝えてください！」

「あぁ、伝えておくよ。ありがとう」

ちなみに僕がトーマスさんと会話している間に、ハルトとユウマが「おじぃちゃん、おはよぅ」と言いながらトーマスさんの横に座ろうと椅子によじ登り、それを「危ない」と抱え上げて、トーマスさんは二人を自分の両膝に座らせている。

……ほんと、誰がどう見ても〝おじいちゃんと孫〟だね。

朝食を食べてトーマスさんを見送り、ついに仕込みの最終段階……！

気合を入れて頑張るぞ！

僕はまず、冷凍していたピザ生地を全て冷蔵庫に移し、昨日のパスタ生地の続き。

オリビアさんはパタータやトマトのカット、そしてハルトとユウマには昨日茹でてマッシュしたコロッケ用のパタータを丸める作業をお願いした。

「ハルト、ユウマ。こういう風に中にチーズを入れたものと、マイスを混ぜたもの、お肉を混ぜたものを作るからね。まずはこのチーズを入れて、ころころ丸めてくれる？」

「はぁ～い！」

二人は黙々と、コロッケを丸める作業をしている。唇がとんがっているので真剣だ。とても可愛い。オリビアさんもそんな二人を見て、にこにこしている。

「ユイトくん、カット終わったからトマトソースを仕込んでいくわね。何かあったらすぐ教えて？」

「はい、わかりました」

オリビアさんはパスタ用とピザ用のトマトソースのガーリク、チィリ入りと、抜きの二種類を作る予定。

材料は同じだけど、ハルトとユウマも食べられるように鍋を別にしてくれるそう。

僕は昨日休ませた生地を切り分け、一つずつ麺棒で薄～くなるまで延ばし、生地に打ち粉をして三つ折りにし、包丁で食べやすい幅にカットしていく。

食べる直前に茹でるので、今は一人前分ずつに分けて打ち粉をしておく。細くは切れなくてきし麺みたいになったけど、確かこんなパスタもあったはず！　気にしない。

パスタは出来たので、次の仕込み。

今度はマヨネーズとタルタルソースだ。マヨネーズは三日前に一度作ってみたけど、すっごく腕が疲れたな……。

しかも今回は多めに作るので大変だ。卵黄と白ワインビネガー、油と塩を混ぜて大量のマヨネーズを作り、タルタル用の茹で卵を食感が残るように粗目に刻んでいく。

オニオンをみじん切りにし、茹で卵の入ったボウルの中へ。そこに、先ほど作ったマヨネーズと、更に白ワインビネガー、砂糖、塩を少しずつ加えて全体を混ぜ合わせ味を調える。

「オリビアさ～ん！　このソース、味見してくださ～い」

そう言って、スプーンにタルタルソースを少しのせてオリビアさんの下へ。トマトソースをかき混ぜているので、そのまま「あ～ん」と言って、オリビアさんに味見してもらう。

オリビアさんは目を見開いて「美味しい！」とビックリしていた。気に入ってもらえたようで安心した。

これで時間のかかる仕込みは一段落したかな？

ハルトとユウマの様子を見てみると、三種類のコロッケのタネがバットに綺麗に並んでいた。

「おにぃちゃん、ころっけ、おわりました！」

「きれぇにできちゃよ！」

「ほんとだ！　二人とも上手だね！　美味しそう！」

二人は褒められると、また満足そうにエッヘン！　と胸を張ってポーズを決めた。何度やっても可愛いな。コロッケは揚げる直前に衣をまぶすから、ひとまず冷蔵庫へ。

野菜もお肉も仕込んだし、あとはハルトとユウマに、ピザのトッピングをしてもらうだけ。

「ハルト、ユウマ、お待ちかねのピザのトッピングだよ！」

「ぼく、おぃしぃの、つくります！」

「ゆぅくんも！　まいしゅ、いっぱぃのせりゅ！」

「じゃあまず、トマトソースを塗っていきましょ～！」

「はぁ～い！」

オリビアさんが仕込んでくれたトマトソースを、ピザ生地にたっぷりと満遍なく塗っていく。ハルトとユウマも少しはみ出たけど、今のところ順調に塗れているようだ。

トッピング用の具材を作業台に並べ、一応のお手本を見せる。「あまりのせすぎると具材に火が通らなかったりするから気を付けて、あとは好きな具材をのせてね」と伝えると、二人は楽しそうに盛り付け始めた。

トーマスさんたちが来るまでもうすぐだ。

僕の初めてのお客さま！　どんな人が来るのかな？　練習はしたけど、上手く接客できるかな？

緊張と不安でドキドキするけど、今は楽しみのほうが大きいかもしれない。

あぁ、はやく来てほしい！　僕はそれが待ち遠しくて仕方なかった。

◇◆◇◆◇

「トーマスさん、おはようございます！」

「おはよう、エヴァ。イドリスはもう来てるかい？」

エヴァはこの冒険者ギルドの受付職員だ。とても真面目で、初めの頃は冒険者や依頼主の横暴な態度に泣いていたりもしたが、今では言い返すほどに逞しく成長した。

横暴な態度を取った者はそれ以来見ることはなくなったが、今はどうしているだろうか。

「はい！　今日はいつもより早く出勤なさってました。いつもあれくらいヤル気だといいんですけどね」

「ハハ、そうだな。エヴァも今日は来るんだろう？　うちの料理は旨いから期待しててくれ」

「はい！　今日はたくさん食べる予定なので、覚悟しててください！」

「お手柔らかに頼むよ」

冒険者ギルドは基本、一日中開いている。

緊急を要する依頼を直ぐに受けられるように。そして、冒険者が持ち込んだ魔物の素材などを直ぐに引き取れるように。

魔物の死骸を持ったまま夜を明かすなんて、苦痛だからな。

依頼は朝一番に来るものが多いので、良い条件のモノは早い者勝ちだ。新人は依頼がボードに貼り出されるのを今か今かと待ち構えている。

「本当はカインとグレイ兄さんも来たがっていたんですけど、二人とも予定があってくやしがってました」

「お、そうなのか？　カインには色々と教えてもらえそうだったが、残念だな……」

カインはこの冒険者ギルドの食堂兼酒場で働く元気な若者だ。人当たりも良く、いつも客と楽しそうに会話している。ユイトにも、彼を見て学べることはあると思ったんだが……。

「グレイ兄さんは依頼を受けた直後だったので、パーティの皆さんに宥《なだ》められてましたけど」

「ハハ！　そうか！　タイミングが悪かったかな。また誘ってみるよ」

グレイはこのアドレイムを中心に活動する冒険者で、エヴァの従兄だという。いつもクールな印象だが、カインとエヴァが絡むと途端に騒がしくなる面白いヤツだ。

「トーマスさんにそう言ってもらえると、きっと喜びます！　伝えておきますね！」

「あぁ。よろしく頼むよ」

エヴァと別れ、二階への階段を上がったところで、ギルドの鑑定部門職員のクラークと出くわした。

「トーマスさん、おはようございます」

「おはよう、クラーク。珍しいな、ここで会うなんて」

クラークは基本的に鑑定専門の部屋に籠りっきりのため、表にはほとんど出てこない。ギルド職員でも滅多に会うことがないというから驚きだ。

いつも冒険者が持ち込んだ薬草や魔物の素材、魔導具の鑑定を行っている。

そう、彼は〝鑑定〟のスキルを持っている。彼にユイトのことを相談したいが、まだ確定したわけではないので保留中だ。

「今日は私も、食事会に参加することになりました」

「おぉ！　珍しいな！　楽しみにしているよ」

「はい、ありがとうございます。ではまた後ほど」

ぺこりと礼をし、クラークはまた鑑定専門の部屋に戻っていった。

「イドリス、入るぞ」

「おぉ！　開いてるぞ～」

部屋の中に入ると、イドリス以外に二人、ソファーに座ってこちらを見ている者がいた。

「トーマスさん、お久し振りです！」

「久し振りだな、バーナード！　Bランクに上がったんだろう？　おめでとう！」

「これでやっと、トーマスさんと同じランクになれました！」

「負けないように、オレも頑張らないとな」

バーナードは、ついこの間Bランクに上がった冒険者だ。四人組パーティを組んでいるが、ランクが上がるまでは消耗することばかりだったので、今回は昇格記念として各々休暇を取ったらしい。

体格は熊のように大きいが、人一倍優しい男だ。オレもオリビアもとても可愛がっている。

「トーマス、聞いたぞ！　面白そうだから、今日はオレもバーナードも行くからよろしくな！」

「おいおい、バーナードはいいが、お前まで来るのか？　店に入るか心配だよ」

この陽気な男の名はギデオン。このギルドの解体部門の主任をしている。イドリスと並ぶ大男だ。

「ひでぇ言い様だな！　イドリスが『サンドイッチ、サンドイッチ』ってうるせぇんだよ！　気になるだろうが！」

「ハハハ！　イドリス、お前まだ言ってたのか！」

「当たり前だろうが！　こっちはあのサンドイッチの味が忘れられなくて仕事も手につかないって

だ。
珍しくオレとギデオンの声が重なった。全く……！　この二人が揃うと煩いし、圧迫感が凄いん
「仕事はしろ！」
言っただろ！」

そこで、ふと考える。

……ん？　待てよ？　今で何人いる？　イドリスにギデオン、バーナード。クラークにエヴァ、
新人のオーウェン、ワイアット、ケイレブにケイティ……。

「なんだ？　トーマス、どうした？」

「……人数の確認だ。他に、誰か来ると言ってたか？」

「ん？　……あぁ、あとブレンダが来るってよ」

「ブレンダって、イドリスと同じくらい食うだろ……？　オリビアの店、大丈夫か……？」

「……大丈夫じゃ、ないかもしれない……」

〝ブレンダ〟という名前を聞いて、頭を抱える。

ユイト、すまない……！　店の食材が、足りんかもしれん……！

オレは今頃、店で頑張っているであろうユイトに、心から謝ることしかできなかった……。

◇◆◇◆◇

昼食を食べ終え、仕込みとお釣りの最終確認をし、店内と外の掃除へ。

オリビアさんはユウマと一緒に家のソファーで休憩してもらっている。「一緒に休憩しよう」と言われたけど、「そわそわして落ち着かないから掃除をしてくる」と言って、お店の外に出てきたところだ。

ハルトは僕について来て、一緒にお店の前を掃除してくれている。

情けないけど、さっきまでの楽しみな気分はどこかに飛んで行ってしまったようで、いまはちゃんとできるか不安しかなかった。

バイトとかしたことないけど、最初はみんな、こんな気持ちなのかな……?

「おにぃちゃん、きんちょう、してますか?」

ハルトは僕を見上げ、心配そうにつぶやいた。

「……ハルト～。お兄ちゃん、ちゃんと作れるかなぁ……?」

箒《ほうき》を持ってしゃがみ込む僕を、ハルトが「よしよし」と頭を撫でて慰めてくれる。

「おにぃちゃん、だいじょぶ！　おにぃちゃんの、おりょうり、ぜんぶ、おいしぃです！　ぼくと、ゆぅくんも、がんばります！」

「うぅ～、ありがとう……。お兄ちゃんも、頑張るよ……」

「はぃ！　ぜったい、だいじょぶ！」

まさかハルトに慰めてもらう日が来るとは……。弟が成長して、お兄ちゃんは嬉しいよ……。

二人でそんなやり取りをしながら掃除をしていると、九時課の鐘が聞こえてきた。

「よし！　ハルト、今日は頑張ろう！」

「はぃ！」

お客さまを迎える準備をしに、僕たちはお店の中へ戻った。

◇◆◇◆◇

「トーマスさん、すみません。オレまでついて来ちゃって……」

熊みたいに大きい体を小さくし、そう申し訳なさそうに謝るバーナード。

「いやいや、気にするな。……まぁ、こんなに食う奴らが集まるとは、思ってなかったがな……」

「そうだぜ、バーナード！　気にすることたぁない！」

「イドリス、少し黙っててくれ」

「イドリスさん！　今日は本当にご馳走になっちゃっていいんですか？」

「俺たち、あんまりお金持ってないんですけど……」

「大丈夫だ！　お前ら新人は腹いっぱい食えばいい！　今日はみんな、オレの奢りだからな！」

「おいおい、全員奢る気なのか……？　イドリス、お前どうしたんだ……？」

新人だけに奢ると思っていたが、この男は何を血迷ったのか、この大食らい全員分を奢る気でいるらしい。エヴァとクラークはまだ人並みだと思う……。ブレンダは少し遅れるそうでまだ来ていないが、イドリスと同じくらい食うと聞いたな……。

破産する気なのか……？

「いや、トーマスに貰ったサンドイッチがあまりにも美味くてな……。オレも新人の頃にこんな美味い飯が食べられたら、もっとヤル気が出たんじゃないかと思ってな！　せっかくだし、大勢で食ったほうが楽しいだろ？」

「え……？　イドリスさんがそんなふうになるサンドイッチって、何かのドロップ品とかですか……？」

「ちょっと怪しいですね……。鑑定、しましょうか……？」

「エヴァ、クラーク。お前たちはムリに食べなくてもいいんだぞ？」

「あ～！　ごめんなさいトーマスさん！　でもでも！　イドリスさんがこんなこと言うなんて、おかしくなったと思うじゃないですか～っ！」

「……まぁ、その気持ちは分かるな」

そんなことを話しながら歩いていくと、ようやく店の屋根が見えてきた。

……ん？　店の前にぴょんぴょんと跳ねる人影が二つ見える。

「おじぃちゃ～～ん！　おかぇりなさ～～い！」

「じぃじ～～～！　はやくぅ～～～～！」

（おじぃちゃん……!?）

（じぃじ……!?）

トーマス以外の全員が、言葉を発せず顔を見合わせる。

「ハルト！　ユウマ！　ただいま！」

そして満面の笑みで駆け出したトーマスを見て、全員が驚愕の表情を浮かべ、同じことを思った。

「嘘だろ（でしょ）……!?」

◇◆◇◆◇

チリン、と音を鳴らして店の扉が開いた。

「いらっしゃいませ！　お席にご案内します！」

「ハハ！　じゃあ、お願いしようかな」

僕が出迎え案内すると、トーマスさんは笑顔でテーブル席に着く。

「ふふ、トーマスさん！　おかえりなさい！」

「トーマス、おかえりなさい」

「ただいま。ハルトとユウマがお出迎えしてくれたぞ」

「ハルトちゃんもユウマちゃんも、おじいちゃんを待つって聞かなくて」

「そうです！　おじぃちゃん、おきゃくさま、です！」

「じぃじ、おきゃくちゃま！」

ハルトとユウマはハッとした顔をして、座っていたトーマスさんの膝から慌てて飛び降りる。

「いらっしゃぃ、ませ！」

「いらっちゃぃましぇ！」

そして、ぺこりと可愛くお辞儀をして見せた。トーマスさんとオリビアさんは二人して唸っていたけど、ハルトとユウマが楽しそうで何よりです。

チリンと再びお店の扉の開く音がして、僕は笑顔でそちらへ向かう。

「いらっしゃいませ！　皆さん、お待ちしておりました！」

「お、おぉ……！　こんにちは……？」

扉を開けると、見上げるほどに体の大きなお客さまが。入店した途端にドーンと通路の真ん中で立ち止まるものだから、続いて入って来た後ろの女性が怒っていた。

「え～！　すっごく可愛い～！」

「トーマスさんの孫？　嘘だろ……？」

僕を見ると、そんなことを口々に言いあっている。

「皆さん、お仕事お疲れさまです。こちらのお席へどうぞ」

「はぁ～い！」

「ん～。オレにはちょっと狭いから、そうだな……。こっちのカウンター席に座ってもいいか？」

「はい！　ゆったり座れる方へどうぞ」

女性二人と眼鏡をかけた男性は窓際のテーブル席へ座り、体の大きな男性三名はカウンター席へ。

僕と年の近そうな男性三名はトーマスさんと同じテーブル席に着いた。あとから遅れてお連れさまも来るそうだ。

「メニューは席に置いているので、注文が決まったお客さまからお伺いします」

「お料理はユイトくんが作るんだけど、絶品だから覚悟してちょうだい！」

「オリビアさん！　ハードル上げないでください……！」

「大丈夫よ！　いっつも美味しいもの！　ね？　ハルトちゃん、ユウマちゃん！」

オリビアさんの問いかけに、ハルトとユウマは二人して大きく頷き、皆さんの前に一歩出る。

「おにぃちゃんの、おりょうり、とっても、おいしぃ、です！」

「おぃちぃでしゅ！」

「きょうは、ごゆっくり、どぅぞ！」

「どぅじょ！」

そう言うと、またぺこりとお辞儀をして見せた。

「か……、かわいぃ～～～!!」

お客さまに交じって、なぜかオリビアさんまで叫んでいた。

今のうちに注文を聞いておこう。あ、そうだ。

「すみません、イドリスさんはどなたでしょうか？」

「ん？　オレだ。どうかしたのか？」

あ、最初にお店の通路を塞いで怒られていた人だ！

「今日は来てくださってありがとうございます！　僕の作ったサンドイッチを、とっても気に入ってくれたみたいだったので……」

イドリスさんの前に、トン、とサンドイッチの盛り合わせを差し出した。

「この前のものと少し違うんですが、よろしければ召し上がってください」

お皿には、茹で卵を粗く刻み、マヨネーズで和えたたまごサンド。

千切りにしたキャベジと、揚げた豚肉のカツサンド。

ベーコン、レティス、トマトに茹で卵を挟んだBLTサンド。

そして最後に、ユウマの好きなたっぷりの生クリームに、バナナとオランジュを挟んだフルーツサンドの四種類を盛り付けてある。

イドリスさんは一瞬ポカンとしていたが、気を取り直して「いただきます」と、サンドイッチに手を付けた。パクパクというより、バクバクと言ったほうが正しいのかもしれない。一瞬でお皿の上のサンドイッチが綺麗に無くなった。

どうかな、前のほうがよかったかな？　とドキドキしていると、不意にイドリスさんが真剣な表情で、「おかわりを頼む」と、注文してきた。

他の皆さんは一瞬ポカンとしていたけど、僕が「よろこんで」と言うと、自分も食べると次々と注文してくれた。

「ユイトくん、パタータの盛り合わせ、もうすぐ揚がるわ！　追加でトマトクリームパスタ二人前お願い！」

「はい！」

「おにぃちゃん、ころっけせっと、みっつ、です！」

「はい！　オムレツと、マイスのバター炒め、できました！」

「おむれつ、もって、いきます！」

「ハルト、気を付けてね！　お願いします！」

「はぃ！」

「ナポリタン三人前、もうすぐできまーす！」

皆さんの食べる勢いが、凄いのなんの……。オリビアさんが揚げ物とサラダ、スープに注文と提供もしてくれて、ハルトは注文のお伺いと、お皿の軽い料理の提供。ユウマは注文を聞いて、トーマスさんは空いたお皿を下げてくれている……。僕はひたすらパスタにオムレツ、サンドイッチを作り続けている。コンロが大活躍だ……。

トーマスさんがカウンター席に座ったときは平気だったのに、今は料理を作っていると視線がすごく痛い。特にイドリスさん。僕の料理が気に入ったみたいで、冒険者ギルドの「食堂兼酒場で働かないか」と僕を勧誘し、トーマスさんとオリビアさんに怒られていた。

あと、遅れてきたブレンダさん。細身の女性なのに、どこに入るのってくらいによく食べる。特にフルーツサンドが気に入ったようで、「うまい！」と何度も注文してくれている。

エヴァさんとケイティさん（猫の耳が生えてる！）は、チーズ入りのオムレツが気に入ったみたいで二人で何皿もおかわりしてくれるし、オーウェンさんとワイアットさんはナポリタン、ケイレブさん（この人は犬の耳！）は、ミートパスタとコロッケを嬉しそうに食べながら、尻尾をぶんぶんとさせている。

クラークさんはというと、ハルトとユウマが勧めたマイスとアスパラゴのバター炒めと、マッシュパタータをにこにこしながら食べていて、ユウマが「おいちぃでちょ？」と、何回も訊いている。

カウンター席に座る大きな男性三人は、ひたすらに「美味い、美味い」とパスタ、オムレツ、サンドイッチにコロッケと、メニューを何周もしている。

……そう。ここで誰か気付いているかもしれないけど、ハルトとユウマが頑張って作ったピザは一枚も出していません……！

この勢いだと、トーマスさんに食べてもらう前に全て無くなってしまうと判断し、皆さんのお腹が落ち着いたところで出そうと思っています……！

「はぁ～～！　しあわせ～～！」

「ちょっと休憩～」

そんな声がチラホラと聞こえてきた。今がチャンスかな、とオリビアさんに耳打ちし、ハルトとユウマをキッチンの中へ。トーマスさんはお皿を片付けてくれている。ありがとうございます
……！

「ハルト、ユウマ、今からピザを焼くからね。焼けたらトーマスさんに、二人で作りましたって言うんだよ？」

「おにぃちゃん、おいしく、なるかな？」

「ゆぅくん、どきどきしゅる！」

「大丈夫！　ぜ～ったい、美味しいよ！」

お店の中にチーズの焼けるいい匂いが漂ってきた。皆さんも鼻をひくひくさせて、「いい匂い」と言っている。特にケイレブさんの尻尾の揺れ方が激しすぎて、隣に座っているワイアットさんに鷲掴みにされていた。

……あ。そろそろ大丈夫かな？

「トーマスさん、こっちに座ってもらえますか？」

「ん？　どうしたんだ？」

トーマスさんにテーブル席に座ってもらい、僕がキッチンに合図すると、ハルトとユウマが二人でピザを運んできた。

「おじぃちゃん、ぴざ、ぼくたちで、つくりました！」

「じぃじ、いちゅもありぁと！　どうじょ！」

二人の言葉に、トーマスさんは目をこれでもかというくらい見開いて驚いていたが、次第に瞳が潤んでくるのが目に見えた。泣くのを我慢していたようだけど、それでもポロリポロリと次々に涙が溢れて止まらなくなってしまったようだった。

「おじぃちゃん、どぅしたの？」

「じぃじ、かなちぃの？」

「……いや、嬉しいんだよ。二人とも、ありがとう……！」

「おじぃちゃん、たべれる？」

「はるくんとちゅくったの」

「あぁ、とっても旨そうだ……！　いただきます」

トーマスさんは僕に食べ方を訊くと、ピザを手に取り、大きな口でパクリとかぶりつく。トーマスさんは「最高に旨い」と言って、丸々一枚分のピザを食べ切ってしまった。

いつの間にか涙は止まったようだけど、泣いたのが分かるくらい目が真っ赤になっていた。

周りの皆さんは、この光景を黙って見守っていたけど、まだもう一つあるのです。すみません。

「ハルト、ユウマ、準備できたよ！」

「はぁーい！」

二人はとてとてとオリビアさんの足元に駆け寄り、トーマスさんと同じテーブル席に座らせる。

そして、キッチンから器に盛ったバナナアイスを落とさないようにそ～っと運んでいく。

「おばぁちゃん、あいす、ゆぅくんと、つくりました！」

「ばぁば、いちゅもありぁと！　どうじょ！」

オリビアさんは自分にも用意しているとは思ってもみなかったのか、両手で顔を覆い、何か言おうとするけど言葉にできないようだった。

「おばぁちゃん、なぃてるの、しんぱぃです……」

「ばぁばも、じぃじといっちょ？」

「……ふふ。ハルトちゃん、ユウマちゃん。おばあちゃんね、と～っても幸せよ……。ありがとう……！」

「よかった、です！」

「ゆぅくん、ばぁばなくの、かなちくなっちゃぅ」

「あらあら、ごめんね？　ふふ、と～っても美味しそう！　食べてもいいかしら？」

「はい！」

「どうじょ！」

「……ん～っ！　これは最高よ！　二人は天才だわ！」

オリビアさんはそう言ってアイスを一口、もう一口と、大事そうに味わいながら食べている。そして食べ終わると同時に、お二人はとっても幸せそうにハルトとユウマを抱きしめていた。

「さぁ！　皆さんの分も作ったので、ぜひお召し上がりください！」

「やったぁ～！　美味しそうだったから食べたかったの～！」

「この匂いでお預けは拷問だぜ、まったく！　パタータが多いの食わせてくれ！」

「それ、ぼく、つくりました！　どぅぞ！」

「あ！　おれ、このマイスいっぱいのったの食いたい！」

「そぇ、ゆぅくんちゅくったの！　どうじょ！」

「マジで？　ありがとー！　いただきまーす！」

「……うっま～～っ!!」

「ほんと、ですか？　とっても、うれしぃです！」

「ゆぅくんも！」

自分たちが頑張って作ったピザを褒められて、うふふと照れるハルトとユウマに、皆さんがメロメロになるのは一瞬だった。

僕の初めてのお客さま。

そして、ハルトとユウマからの、トーマスさんとオリビアさんへのお礼は大成功！

……で、いいのかな？


ハルトとユウマが作ったピザとバナナアイスを提供し、本日の営業は無事終了。カット済みの野菜を少し残して、お店の在庫は気持ち良いほどに空っぽです！

「みんな、いっぱぃ、たべました！」

「しゅごぃね～！」

ハルトとユウマは、なぜか解体主任のギデオンさんと冒険者のバーナードさんの膝に座りながら、ほうっと感心したように皆さんを眺めている。

どれだけ仕込んだか知っているからね。……凄かったね、ホントに。

「いやぁ～、イドリスが夢中になるのも分かる気がするわ！　坊主んとこのメシは最高だな！」

「はぃ！　おりょうり、さぃこう、です！」

「また食いに来ねぇとな！　そうすっと、また空っぽにしちまうかもな？」

「それは、こまります……！　でも、またきて、くださぃ！」

わしゃわしゃとギデオンさんに頭を撫でられ、きゃあきゃあと楽しそうに笑うハルトと、

「このピザというのはユウマくんが作ったのかい？　どれも美味しかったよ」

「ほんちょ？　ゆぅくんね、おぃちくなりゅよぅに、がんばっちゃの！」

「だからこんなに美味しかったのか！　また食べたくなったよ！」

「うれちぃ！　ゆぅくん、またちゅくりゅね！」

ほのぼのとした雰囲気のバーナードさんと、その膝に乗り、嬉しそうに笑うユウマ。

「ほんとにね、私にまで用意してくれてるなんて……！　こんな気持ちになるなんて思わなかったわ……」

「あぁ。まさかこんな最高のプレゼントを貰えるなんてな……」

先ほどのピザとバナナアイスに感動し、まだ余韻から抜けきれないまま二人の世界に入っているトーマスさんとオリビアさん。

「この店の料理はどれも美味いな！　特にフルーツサンドは甘さと酸味が合わさって絶品だ！」

「ブレンダさん？　お言葉ですが、至高はオムレツです！　ふわふわの卵を切り分けた瞬間にチーズが溢れるあの瞬間……っ！　目でも楽しめて、頬張るとふわ……っと口に広がる濃厚な卵と絡み合うトマトソース……！　オムレツこそ至高です!!」

「それなら、あの子たちがお勧めしてくれたマイスとアスパラゴのバター炒めも、マッシュパター

タも素晴らしいお味でしたよ？　そしてなにより、ユウマさんが通るたびに『おいしいでしょ？』と声を掛けてくれますからね……！」

「私はどれも美味しかった～！　あのバナナアイスも、あの子たちが一生懸命作ったのかと思うと、余計に美味しく感じるよ～！」

「確かに……！」

　窓際の席で、どれが美味しかったか仲良く談義する女性三人とクラークさん。

「いやぁ、こんなに食べるなんて思わなかったな！」

「皿洗いくらいはさせてください」

「おれ、あんなに美味いの初めて食った～！」

「ほんとですか？　ありがとうございます！　嬉しいです！」

　皆さんがおしゃべりに夢中なので、僕と年の近そうな新人冒険者のオーウェンさん、ワイアットさん、ケイレブさんが皿洗いを申し出てくれた。汚れを落として、皿を洗って、仕上げに拭き上げるという三人の流れ作業だ。

　最初は断ったけど、ワイアットさんが「どうしても！」と言うのでお願いした。気にしなくてもいいのに、真面目な人だなぁ。

　お言葉に甘えて、その間に僕は違う作業でもしようかな。

　そして、もう一人……。

「なぁ、ユイト、ホントにうちで働かないか？」

「え？」

カウンター席に座りながら、真剣な表情で僕を勧誘する冒険者ギルドのギルドマスター・イドリスさん。

「まだ諦めてないんですか、イドリスさん……。またトーマスさんに怒られますよ？」

「お前らもあの料理の美味さを味わったなら……、分かるだろ？　毎日食いたいと思わないか？」

「おれは分かります！」

「こらケイレブ！　ごめんな、ユイトくん」

「いえいえ！　食べたいと言ってもらえるのは、本当に嬉しいので！」

「だったら……！」

「でも僕たち、トーマスさんに見つけてもらえなかったら、今頃どうなっていたか分からないので……。だから僕、ちゃんとお二人に恩返しするって、決めてるんです」

イドリスさんの顔を見て、「だから、ごめんなさい」と断ると、イドリスさんはようやく諦めてくれたようで……。「なら、この店の常連になるしかないか」と、頭をポリポリかいていた。

僕が笑いながら「常連さんになってくれるなら、サンドイッチはメニューに入れてもらえるように相談します」と伝えると、満面の笑みで「絶対だぞ！」と、念を押された。

そんなに気に入ってくれたのか、僕のサンドイッチ。

「……あの、冒険者ギルドの食堂って、どんなカンジなんですか？」

他のお店で働く気はないけど、冒険者さんたちが集まる食堂って、正直気になる……。

今日来てくれた皆さんもかなりの量を食べるし、そんな人ばっかりだったら、その食堂のお昼時はかなり大変そうだ……！

「食堂は早朝から開いてるよ！　いっつも賑わってるよね！」

ケイレブさんの話によると、一日中開いてる冒険者ギルドは、冒険者に依頼を出す人や、売りに出された素材を買い取りに来る人で常に賑わっていて、なかには食事だけしに来る人も結構いるらしい。

「あそこはカインさんもいるからなぁ～。あの人いないと、ホント大変そうだし」

「カインさんっていう人が、そこの食堂の店長さんなんですか？」

その人がいないといとって事は、かなり仕事の出来る人なのかな……。

「いや、カインさんは店員だよ。……て言うより、カインさん目当ての人がかなりいるからな、あそこ」

「へぇ～！」

人気の店員さんなのか……！　どんな人なんだろう？

「それが原因で、いっつも旦那とケンカしてるもんな」

「えっ……？　ケンカ、ですか……？」

それに、旦那さん……？　カインさんって名前から、勝手に男の人だと思っていたんだけど、どうやら違ったみたいだ。

「アイツらには困ったもんだけどなぁ。……ただな、ユイト。そんな手を焼くヤツらを止められる唯一の武器が、何を隠そう、ここにいるエヴァさまだ……！」

「へぇ～！　エヴァさんが？」

イドリスさんに急に話を振られ、「えっ!?　なんですか!?」と、何のことか分かっていなかったエヴァさんも、説明すると苦笑いしつつ教えてくれた。

そのカインさんという男性は、エヴァさんの年上の幼馴染みだという。

そしてその旦那さんだという冒険者のグレイさんも、エヴァさんの従兄であり幼馴染みで、エヴァさんは幼い頃からずっとこのお二人に妹のように可愛がってもらっていたらしい。

だからなのか、カインさんとグレイさんの痴話喧嘩を止めるには、エヴァさんに任せるのが一番効果的だとイドリスさんが言っていた。

今日はそんな彼女を労う会でもあったらしい……。本当かな……？

だけど、困った表情を浮かべながらも、エヴァさんやイドリスさんたちからは、そのお二人の良いところしか出てこなかった。

いつかユイトも、ギルドの食堂に食べに来るといいと誘われ、それを聞いていたトーマスさんとオリビアさんが、「そう言って勧誘するつもりか」とイドリスさんにまた注意していた。

……そんな賑やかな会話を聞きながら、ここでは男の人同士で結婚できるんだと、僕はなぜか少しだけ胸がソワソワした。


こうして大量にあった食器類の片付けも、オーウェンさんたち三人が手伝ってくれたおかげで早々に終わり、お開きの時間となった。

「ほら、ユウマ。皆さんにバイバイって」

「やぁ～！　まだおはなち、ちたぃの～！」

帰ろうとするバーナードさんに、いやいやとユウマが駄々をこね始め、「困ったな」と言う割になぜかまんざらでもなさそうなバーナードさん。それを皆さんが羨まし気に見つめていた。

「皆さん帰って寝ないと、明日大変なんだよ？　もしトーマスさんが眠れなくてお仕事で危ない目に遭ったら、ユウマ、嫌でしょう？」

「……じぃじ、あぶにゃぃの？」

「そうだよ？　怪我したらユウマ、悲しいでしょう？」

「……ゆぅくん、かなちぃ……」

「じゃあ、皆さんにちゃんと今日はありがとうってお礼と、バイバイ言えるね？」

「うん……」

ユウマは眉を下げて、うるうると両目いっぱいに涙の膜を張りながら
「ありぁと、またきちぇね」

と、小さくバイバイと手を振った。

皆さん一瞬、グゥッと唸るような声を上げたけど、「また来るよ」と言いながら、ユウマとハルトの頭をわしゃわしゃと撫で、手を振って帰っていった。

「ユイトくん、今日はお疲れさま！　頑張ったわね！」

「はい……。ちゃんと接客できなくて、ごめんなさい……。料理も遅くて……」

「そんなことはないぞ？　……だが、初めての接客であいつら相手にはキツかったな。こちらこそ、すまん」

「ふふ、私もあんなに働いたの久し振りよ！　冷蔵庫が空っぽになるなんて、笑っちゃうわ！」

オリビアさんはそう笑うと、僕をぎゅっと抱きしめて「あなたたちといれて、とっても幸せよ」

ハルトとユウマが、頬にキスをしてくれた。

それを見たトーマスさんが、「オレも幸せだぞ」と反対の頬にキスをして、それを見たハルトとユウマも「ぼくもする」と騒いだので、最後はみんなでお互いの頬にキスをしあい、トーマスさんは「じぃじのおひげ、いたぃのや！」とユウマに嫌がられ、みんなで笑っていた。

緊張と不安でいっぱいだった初めてのお仕事は、お店の在庫を空っぽにして無事に終了。

ハルトとユウマの〝おてつだい大作戦〟も成功したし、反省点はあるけど、僕たちは大満足だ。

――本日の営業、これにて終了です。

第七章
フェアリー・リングと妖精さん

おはようございます、清々しい朝です。……寝坊しました。

昨日は、イドリスさんたちがお店の食材が空っぽになるまで食べてくれたから、今朝は早めに起きて食材を買いに行こうと思っていたのに……。やらかしてしまった……。

ふと横を見ると、いつも隣で寝ているはずのハルトとユウマが見当たらない。もうすでに起きてトーマスさんの所かな……。そ～っと部屋を出ると、家のダイニングには姿が見えない。お店の方かな？　そう思い、お店の方を覗いたけど誰もいない……。

え？　なんで？　みんな、どこに行っちゃったの？　そう不安に思っていると、裏庭の方でハルトとユウマのはしゃぐ声が聞こえてきた。

「あら、ユイトくん！　おはよう！」

「おはよう、ユイト。こっちに来てごらん」

「おはようございます……。あの……、僕、寝坊しちゃって……。ごめんなさい……」

「いや、昨日は大変だったからな。よっぽど疲れてたんだろう。ぐっすりだったから、そのままにしてたんだ」

「そうよ、気持ちよさそうに寝てたもの～！　たまにはいいじゃない！」

寝顔を見られていたと思うと、ちょっと恥ずかしいな……。ふとトーマスさんの足元を見ると、水を張った桶に西瓜《スイカ》が浮かべてあった。

「これ、どうしたんですか？」

「あぁ。今朝、ジョージの店で野菜を見ていたらパステク《西瓜》があってな。もうそんな季節かとつい買ってしまってね」

桶に浮かんだパステクに、ハルトは水をちゃぷちゃぷとかけ、ユウマは指でつんつんと沈めては楽しそうにはしゃいでいた。

「じぃじ、こぇたべりゅ？」

「昼頃には冷えるから、みんなで食べようか」

「やったぁ〜！」

その言葉に喜ぶハルトとユウマ。「ほら、おいで」と、トーマスさんが二人の濡れた手を拭いてあげている。オリビアさんは家の中に入って、朝食の準備をしているようだ。家の方のキッチンからカシャカシャと卵を混ぜる音が聞こえてくる。

トーマスさんとオリビアさんが言うには、今日は僕の休日らしい。

朝食の準備を手伝おうとしたら、「今日はお休みよ〜？」と優しく断られた。今日は働いちゃダメらしい。家でゆっくりしてもいいし、外に遊びに行ってもいいと言われたけど……。

料理はさっきダメって言われたし……。ハルトとユウマは、どうやら今日は僕にかまってくれないらしい……。「いちょがちぃ、いちょがちぃ！」と言って、汗を拭くふりをしていた。さっきパステクで遊んでいたのに。

ん～、どうしようかな……。

「なら、今日はオレと一緒に散策にでも行くか？」

「散策？　ですか？」

何もすることが思いつかないと言うと、トーマスさんがぶらぶら散歩に行こうと提案してくれた。

「ユイトはまだ、この辺りの店通りくらいしか知らないだろう？　村の外れに薬草が生えている場所がある。王都みたいに遊ぶような場所はないが、なかなか綺麗だぞ？」

ん～、そう言われてみると、確かに家の周辺か店通りくらいしか行ったことないな……。今日はトーマスさんとゆっくりしようかな。

「じゃあ、お願いしてもいいですか？」

「あぁ、もちろん！　任せてくれ」

トーマスさんは嬉しそうに笑みを浮かべる。朝食を食べたら、早速出発だ。

その場所は、今から行けばゆっくりしても昼には帰ってこられるくらいの距離にあるらしい。いつもの店通りを通り過ぎ、なだらかな坂道を上った場所に、ハワードさんの牧場が広がっていた。

……え？　すっごく広すぎて、どこまでがハワードさんの牧場か分からない。豆粒くらいの大きさの何かが動いていると思ったら全部牛だった。あ！　馬もいる！　確か、羊もいるって言ってた気がするな……。

「おや？　トーマスさん！　ユイトくんも！　どうしたんだい？」

「ハワード、久し振りだな！」

「ハワードさん、おはようございます！」

牧場の近くに行くと、柵の向こう側でハワードさんが従業員の人たちと一緒に牧草を運んでいるところだった。

「今日はユイトを、村の珍しい場所に案内しようと思ってな。いまから、〝フェアリー・リングの森〟へ向かうところなんだ」

「あぁ、ユイトくんなら大丈夫そうだね！　気を付けて行っておいで！」

「……？　はい、行ってきます」

フェアリー・リング？　何だろう？

僕の顔に出ていたのか、トーマスさんが「面白いところだよ」とだけ言って、それ以上は教えてくれなかった。

しばらく歩くと、ここが森の入り口だと言わんばかりに、木の枝でアーチが組まれている場所があった。少し緊張しているのがバレたのか、トーマスさんは「今日は行けそうだな」と、僕の手を引いて森へと進んでいく。

森の中へ一歩踏み入れると、さっきまでの緊張なんか嘘みたいに一瞬で夢中になってしまった。

うわわ！　小っちゃいリスが木の上を走ってる！

あ！　木の洞のなかに梟が挟まっ……、寝てる……！

森の中には僕たち以外にいないかもしれないけど、トーマスさんになぜか小声で「スゴイ！　スゴイ！」と話しかけてしまう。

すると、トーマスさんが人差し指を口に当てて、静かに、と合図を送ってきた。

僕はトーマスさんにピタッと引っ付いて、指示通り黙って周りを見回す。

ふと視線を上げると、少し先にある木の枝に、一際大きい一羽の梟が留まっていた。

「……いた。〝森の案内人〟だ」

トーマスさんが袋から真っ赤な実を取り出し、梟に見せるように手を上にあげた。

すると、その梟が音もなく飛んできてトーマスさんが手に持っていた赤い実を掴み、木の枝に留まって美味しそうに食べている。

「梟って、お肉を食べるんだと思ってました……」

「あの梟は熟れたグミの実が好物みたいなんだよ。甘くないと、怒ってすぐ捨てるらしいんだ」

この村では時々、この森に迷い込む人がいるらしい。トーマスさんも今日で三回目らしく、「運がよかった」と笑っていた。

あのアーチを見た限り、森のほうから「おいで」と誘っているようにも見えたんだけど。

梟は満足したのか、そのまま僕たちの前を飛び少し先の枝へ。僕たちが追い付くと、またその先の枝へと、どこかに案内するように飛んでいく。

そしてまたしばらく進むと、一か所だけ開けた場所に出た。

「ユイト、見てごらん。あれが〝フェアリー・リング〟だ」

トーマスさんが指し示すその場所を見てみると、そこにはたくさんの茸が、まるで大きく円を描いたみたいに並んでいた。

「うわぁ……！　かわいい……！」

まるで、絵本に出てきそうな光景だ。

よく見ると、大小問わず色とりどりに生えている茸がほんのり発光しているように見える。

「トーマスさん、あの茸……。光ってますよね……？」

「ん？　ユイトも見えるのか？　なら、気に入られた証拠だな」

「気に入られる？　何にですか？」

気に入ったら光るの？　茸が？

疑問に思っていると、僕の様子が可笑しかったのか、トーマスさんが少しだけ笑った。

「〝妖精〟だよ」

――え？

「この森は〝妖精の遊び場〟と言われている場所なんだ。……まぁ、その姿は誰も見たことはないんだがな？　さっきの梟が案内した者しかお目にかかれない、とても珍しいものなんだよ」

そう言うと、トーマスさんは木の枝で羽を休めている梟を見つめ、「そのほうが、夢があっていいだろう？」と、照れくさそうに頬を掻いた。

妖精……？　妖精って、あの絵本に出てくる羽が生えた可愛い妖精？　あ、この世界は魔法があるんだから、何ら不思議ではないのか……！　でも残念ながら、その姿は見えないみたいだ。

「妖精って、存在するんですね……!?　本当にいるとしたら、今は茸の周りにいるのかなぁ？」

茸を眺めながらそう言うと、トーマスさんは呆けた顔で僕を見つめていた。

「……トーマスさん？　どうかしたんですか？」

僕の問いかけに、トーマスさんは目をぎゅっと閉じ、眉間を押さえながらまたゆっくりと目を開けた。

「……ユイトの」

「僕ですか？」

僕？　どうしたんだろうと首を傾げると、左の頬に、ふわりとした感触が。

「……左肩に、一人……、座っているな……」

「へっ!?」

その言葉に驚きつつも、ゆっくりと左肩を見ると、淡い緑色の光を纏った小さな子どもが座っていた。

蝶々みたいに綺麗な羽をゆっくりとはためかせ、にこにことご機嫌な様子だ。

「――っ……!?」

至近距離すぎて、言葉が出てこない。妖精さんが落ちないように、思わず左腕をそっと上げてしまう。

「ユイトなら気に入られるとは思ったが……。まさか、姿を見せてくれるとは……。驚いたな……」

そう言って、僕の左肩を凝視するトーマスさん。驚いているようには、あんまり見えないんだけど……。多分、トーマスさんより僕のほうが驚いている自信がある……!!

「妖精って、こんなに可愛いんですね……！　僕、初めて見ました……！」

「オレも初めて見たよ……。姿を見せるなんて、めったに……。いや、無いに等しいと思っていたんだがな……」

落ち着いているように見えたけど、「これは凄いことだぞ……！」と、トーマスさんも静かに興奮しているみたいだ。

聞くところによると、妖精は古い文献に書かれている以外にその姿を見たという目撃談はなく、その姿も本当かどうか確認する術はないと言っていた。

僕の肩に乗り、にこにこしているこの子……。なんとなく、ハルトに似ているかも……？　甘いお菓子とかあげたくなっちゃうな。

妖精ってなにを食べるんだろう？　訊いてみようかな。

「こんにちは。僕の名前はユイトです。きみの名前は、何ていうの？」

話をしてみたくて、その妖精さんに声を掛けてみた。

すると、目をぱちくりさせて、僕とトーマスさんの顔を交互に見ている。

「ん～……。文献にもあったが、妖精は名前を持たない……、と言うより、確認できないそうなんだよ。我々と同じ言葉も発しない。なんせ、こうやって人と会話することがないからな。たぶんこの子は……。服に草と花の刺繍が入っているし、草花の妖精……、かな？」

優しい声色で、「どうだろう？」とトーマスさんがそう尋ねると、そうだと言わんばかりに頷く妖精さん。どうやら、こちらの言葉は何となく分かるようだ。

意思の疎通ができて、トーマスさんも妖精さんも嬉しそうだ。

「この子たちって、何を食べるんでしょうね？」

「妖精が何か食べるという話は聞いたことがないな……。それ以前に、こうやって見えるものじゃないからな」

「そっかぁ……。この子を見てたら、なんかハルトに似てるなと思って……。お菓子をあげたくなっちゃいますね」

「あ～！　確かにそうだな！　もしかしたら食べるかもしれないな」

トーマスさんも、僕の言葉を聞いて「うん、うん」と深く頷いてくれた。トーマスさんは思い出したかのように袋を取り出し、帰りに梟さんにあげる予定のグミの実を一粒だけ手渡す。妖精さんはその実を受け取り、きょとんとした顔で僕たちを見ていたけど。

今日は残念ながらお菓子は何も持ってきていないから、今度作って持ってこようかな？

「ねぇ、妖精さん。今度また会えたら、お菓子……、食べてみる？」

僕がそう尋ねると、なんだそれ？　とでも言うように首を傾げている。「甘くて美味しいんだよ」と言っても伝わらない。ひたすら首を傾げて可愛いだけだったので、「今度会いに来るとき持ってくるね」と、勝手に約束した。

トーマスさんはこのやり取りが面白いらしく、ずっと笑いながら眺めていた。


胸元から懐中時計を取り出し、「そろそろ帰ろうか」とトーマスさんが言うと、妖精さんがいやいや、と僕の髪を引っ張り駄々をこね始めた。

その様子を見ていたトーマスさんは、「ハルトというより、ユウマに似ているな」と、また笑っている。

「また会いに来るからね。それまで待っててほしいな」

そうお願いすると、しぶしぶといった様子で肩からふわりと宙に舞う妖精さん。

「今度はお菓子を持ってくるからね」

妖精さんに、「バイバイ」と手を振り、別れを告げる。

行きと同じように、梟さんが帰り道を案内してくれた。トーマスさんはまたお礼用のグミの実をあげていたので、僕も今度来たときは持ってこようかな。

梟さんにも手を振り別れを告げると、梟さんは僕たちの姿が見えなくなるまで、じーっとこちらを見つめていた。

森のアーチを潜ると、丘の向こうにハワードさんの牧場が見えてくる。

「トーマスさん、今日は素敵な場所を教えてくれて、ありがとうございました！」

「オレも久し振りに来たが、まさか妖精をこの目で見れるとは思わなかったよ。いい経験をした」

「最後はユウマにそっくりでしたね」

「ハハハ！　そうだな、妖精も駄々をこねるんだと、勉強になったよ」

「帰ったらみんなに教えてあげなきゃ！」

「そうだな。ハルトとユウマがもう少し大きくなったら、一緒に連れてまた来よう」

二人に「妖精さんに会えたよ」なんて言ったら、ハルトとユウマも見たいって言うだろうな。

あの子に会わせてあげたいな。もしかしたら、友達になれるかもしれないし。

そんなことを思いながら、トーマスさんと二人、のんびり家へと歩いて帰った。


「二人とも、おかえりなさい！」

「ただいま、オリビア」

「オリビアさん、ただいま戻りました」

家に着くと、オリビアさんが出迎えてくれる。エプロンを着けているから、昼食を作ってくれていたみたいだ。

「パステクもいい感じに冷えてるわよ。昼食の後に、みんなで食べましょうね」

ハルトとユウマの姿が見えないなと思っていると、どうやら二人は、家の裏庭でパステクを飽きずに眺めているらしい。今日は僕の相手をしてくれなかったのに〜、なんてむくれながらも裏庭に呼びに行くと、桶に入ったパステクをまたつんつんと触っている可愛い後ろ姿が目に入る。

「ハルト、ユウマ、ただいま〜！」

「あ！　おにぃちゃん、おかえりなさぃ！」

「にぃに！　おかぇり〜！」

そう言って振り返った二人が、「ん？」と首を傾げて、僕をじっと見つめている。

どうしたんだろ？　いつもなら抱き着いてくるのに。二人は顔を見合わせて、もう一度僕のほうを見つめ直した。

……いや、僕の肩を、見つめ直した？

「ねぇ、おにぃちゃん（にぃに）」

そのこ、だぁれ？

……まさかとは思いつつ、ゆっくりと左肩を見ると、淡い緑色の光を纏った、お人形みたいに可愛い小さな子どもが座っていた。

……おかしいな。幻覚かな……？

蝶々みたいに綺麗な羽を、ゆっくりとはためかせ、にこにことご機嫌な様子だ……。

「……きみ、ついて来ちゃったの……？」

上機嫌でこくんと頷く妖精さんを、一体誰が責められようか……。


「……ついて来たのか」

「そうみたいです……」

頭を抱えるトーマスさんと僕に、にこにこと笑いかける妖精さん……。うん、とっても可愛い……。ハルトとユウマは、テーブルの上にちょこんと座る妖精さんを、「かわいぃねぇ」と言いながら、興味津々といった様子で見つめている。

オリビアさんは叫びださないように、両手で口を塞いでいる。オリビアさん、可愛いもの好きだからね。

どうしてトーマスさんが頭を抱えているかと言うと、妖精は人前に現れないのが常で、もし見つかったら、研究や見世物として捕まってしまうかもしれないと危惧しているかららしい。

そうだよね。いきなり今まで見えなかったものが現れたら、驚くし興味も湧くよね……。

「ねぇ、妖精さん。なんでついて来ちゃったの？」

僕の問いかけにきょとんと首を傾げた後、小さな両手を口元に持っていき、大きく口を開け食べる仕草をした。

……あ、もしかして。

「僕がお菓子を持ってくるって、言ったから？」

そう尋ねると、妖精さんは正解！　とでもいうように満面の笑みを浮かべ、こっくりと大きく頷いた。

「う～ん……。悩んでいても仕方ないし、とりあえず昼食を済ませましょうか……？　冷めちゃうものね」

「そうだな……。食べてから考えよう」

「ようせぃさん、ごはん、たべますか？」

「ゆぅくん、いっちょにたべちゃぃ！」

一緒に食べたいと聞いた途端、妖精さんは羽をぱたぱたとはためかせ、ユウマの肩にちょこんと頬杖をつくようにぶら下がった。

それを見て、きゃあきゃあとはしゃぐユウマとハルト。

トーマスさんとオリビアさんは考えるのを放棄したようで、ただひたすら可愛いを堪能することに決めたらしい。

「そういえば妖精って、食事は食べられるの？　お菓子が欲しくてついて来たなんて、初めて聞いてビックリしちゃったわ！」

「それが、まだ分からないんだよ。グミの実は受け取ってくれたが、お菓子がどんなものか、知っているのかさえも怪しいしなぁ……」

トーマスさんは腕を組み、「どうだろうなぁ～」と、妖精さんを困った顔で見つめている。

「一度、どんなものが食べられるか、少しずつあげてみますか？」

「ぼく、ぱすてく、あげます！」

「ゆぅくんも！」

妖精さんは首を傾げた後、にっこり微笑んだ。

たぶん、パステクが何かわかっていないと思う。でも、とっても可愛い。

オリビアさんが用意してくれた昼食は、茹で卵を粗く刻んでマヨネーズで和えたたまごサンド。

ブラートパタータ、キャベジとトマトのスープに牛乳だ。

昼食後は、デザートにパステクを食べる予定。

「さ、冷めないうちに食べちゃいましょ！　召し上がれ！」

「いただきます（まちゅ）！」

妖精さんに僕の分の昼食を少しずつあげてみようとしたら、オリビアさんに「別に用意するから先に食べなさい」と促された。

妖精さん、ごめんね。先にいただきます。妖精さんはにっこりと微笑んでくれた。

まずはたまごサンドをパクッと一口。

「ん～、美味しい～！」

僕、卵がゴロゴロ入ってるほうが好きなんだよね。だからこれは卵の刻んだ大きさも、マヨの量も僕の好みですっごく美味しい！　あと一つあるけど、また最後に食べよう。

ブラートパタータは、こちらの世界に来てからオリビアさんに初めて教えてもらった思い出の料理。簡単に言うとパタータとベーコンの炒め物。今日はアスパラゴも入ってる。トーマスさんがこれを食べてお酒が欲しいと言ってたな。

「これも、パタータがホクホクで美味しいですね〜！」

多めに盛ってくれていたのに、美味しくてペロッと食べてしまい少し残念。……と、思っていたら、オリビアさんが料理を分けてくれた。申し訳ないなと思っていたら、「食べ盛りなんだから遠慮せずにしっかり食べなさい」と笑っていた。

次はキャベジとトマトのスープ。

キャベジは食感を残しながらも柔らかく煮込まれていて、噛むとほんのり甘味を感じる。トマトのほのかな酸味とすごく合い、スープを飲むと体もポッカポカだ。

そして、一切れ残しておいたたまごサンド！

あ〜、食べ終わるのが勿体ない！　でも、美味しいからすぐに無くなってしまった……。

最後に牛乳を飲み切って、

「ごちそうさまでした！」

はぁ〜、満足！　お腹を撫でていると、ハルトとユウマがこちらを見て、にやにやというか、によによというか……。すると、いきなりハルトが立ち上がった。

「おにぃちゃん！　ぜんぶ、たべました！」

「じぇんぶ、はるくんとゆぅくんで、ちゅくったの！」

「やったぁ〜！」

え!?　ハルトとユウマで作ったの!?　思わずオリビアさんを見ると、満面の笑みで親指を立てていた。

どうやらトーマスさんも知っていたようで……。あ！　だから森に連れて行ってくれたのか！

はぁあああ〜〜〜！　そうか、みんなで内緒にしてたのか……！

もう〜〜！　ユウマもいきなり立ち上がるから、妖精さんビックリしてるよ！　でも楽しそうにしてる！　よかった！

「ハルト！　ユウマ！　すっごく美味しかったよ！　お兄ちゃん、ビックリしちゃった！」

「ほんと〜？　やったぁ〜！　ゆぅくん、やりました！」

「にぃに、おぃちぃって！　うれちぃねぇ！」

「教えてくれれば、もっと味わって食べたのにぃ〜〜……！　もったいないよ〜〜〜……！」

二人をぎゅうっと抱きしめれば、とっても嬉しそうにはしゃいでいる。弟たちが可愛くて仕方がない。

「僕、ハルトとユウマのお兄ちゃんで、ホントによかった……！」

思わず抱きしめながらポツリと呟くと、「おにぃちゃんが、おにぃちゃんでよかった」と、小さい手でぎゅうっと抱きしめてくれた。

後ろでオリビアさんの嗚咽が聞こえるけど、たぶん心配ないはずだ。

オリビアさんも落ち着き、昼食の続き。僕の反応を窺うために、みんなは食べていなかったからね。よく味わって食べてください。

「僕、こんなに嬉しくなるなんて、知りませんでした……」

妖精さんをかまいながら、トーマスさんとオリビアさんに伝えると、

「オレもオリビアも、初めてなこと尽くしだよ。ユイトたちが来てから、毎日飽きないな」

「私たちも毎日楽しくて、若返った気分よ」

と、笑ってウインクされた。

妖精さんもそれを見て、真似しようとして両目を瞑《つむ》っている。とっても可愛い。

「さ、妖精さんには少しずつ切り分けたから、大きさ的には大丈夫だと思うわ」

そう言って、オリビアさんが細かくした昼食を持ってきてくれた。スプーンやフォークは大きすぎるので、串をさらに短く切ったものを刺して食べてみてもらうことに。

「妖精さん、どうぞ」

妖精さんは料理を興味深そうに眺め、まずはハルトたちの見よう見まねでたまごサンドをパクリ。もぐもぐと小さい口を動かし、ごくんと飲み込んだ。すると、ぱぁあああっと効果音が付きそうなほど目を輝かせ、若干だが光っているようにも見える。

ハルトとユウマは妖精さんの反応が気になるようで、食べるのを忘れてこちらを凝視していた。

次はブラートパタータ。

しかし、ベーコンは食べられないようで残してしまった。

「気にしなくても大丈夫だよ」

心なしかシュンとして見えるので、残してごめんなさいと言っているように感じる。

スープは丁度いい食器が見当たらなかったので、僕がスプーンを持って、それを妖精さんが飲む形にした。

「美味しかったみたいですね」

スープも気に入ったようで、羽がゆらりゆらりと揺れている。

そして最後に牛乳をスプーンで飲んで、妖精さんの初めてのお食事は一日終了。ベーコン以外は気に入ってくれたようで、ハルトとユウマも大喜び。

トーマスさんもオリビアさんも、「妖精もちゃんと食事するんだな」と、ビックリしていた。

ちょっとお腹がいっぱいになってしまったようで、コクリコクリと舟をこいでいる。

ユウマもそれを見て眠くなってきたようで、みんなでお昼寝をすることに。楽しみにしていたパステクは、お昼寝の後に持ち越しだ。

「ほら。ハルト、ユウマ、こっちで寝よう」

ハルトとユウマをベッドに寝かせ、妖精さんも潰されないように、机の上に柔らかいタオルを置いてそこでお昼寝してもらう。

……ふわぁ～

ぽかぽか陽気の昼下がり。

弟たちの寝顔を見ながら、僕もいつの間にかウトウトしていたみたい。遠くで、トーマスさんとオリビアさんの、いつもの優しい「おやすみなさい」と言う声が聞こえた気がした。


ハルトとユウマと一緒に、僕もいつの間にか寝てしまったようだ。ベッドの上で、背伸びを一つ。

ふと机の上に目をやると、タオルの上に寝かせたはずの妖精さんがいない。慌てて周囲を見回すと、部屋の窓枠部分に腰掛け、外の景色を眺めながら足をプラプラと遊ばせていた。

「妖精さん、おはよう。お昼寝できた？」

ハルトたちを起こさないようにそっと声を掛けると、顔をこちらに向け、嬉しそうにふわりふわりと飛んでくる。僕がそっと手を差し出すと、ゆっくりと手のひらに足を下ろした。

ここでふと、自分がこの子のことを「妖精さん」と呼んでいることに気付く。

「妖精さんの、ここでの名前、付けたいなぁ」

ポツリとこぼすと、妖精さんは目をぱちぱちさせて僕の顔を凝視した。

もし他の人に「妖精さん」なんて言ってるのを聞かれたら、大変だもんね。

「妖精さんの呼び方、考えてもいいかな？」

そう問いかけると、にっこりと笑みを浮かべ大きく頷いてくれた。

う〜ん……。強そうな名前は、この子のイメージじゃないもんなぁ……。ふんわりとした優しい響き……。

リリー、ルー、モナ。ん〜……、なんか、どれもしっくりこないなぁ……。

フォル、フィン、ネット、ノア……、

――ノア！

なんかいま、すごくしっくりきた気がする！

「ねぇ、妖精さんの呼び方、〝ノア〟っていう名前は、どうかなぁ？」

妖精さんは名前を聞くと、ぱちぱちと目を瞬かせ、淡い緑色の光を纏いながらぱたぱたと羽を動かし始めた。にこにことご機嫌な様子だ。

「気に入ってくれた？　これからきみのこと、〝ノア〟って呼んでもいい？」

僕がそう尋ねると、嬉しそうに大きくこっくりと頷いてくれた。

「これから、よろしくね！　ノア！」

そう言うと、今日出会ったなかで一番の笑顔を見せてくれた。うん、やっぱりとっても可愛い！

ハルトとユウマもお昼寝から目覚め、改めてノアとご挨拶。二人は〝のあちゃん〟と呼ぶようだ。

「さ、パステク食べに行こっか」

「ぱすてく、たのしみ、です！」

「じぃじ、おぃちぃってゆってたの！」

「ほんと？　食べるの、楽しみだねぇ」

「のぁちゃん、いっぱい、たべてほしぃ、です」

「のぁちゃんいっちょ、うれちぃねぇ」

ノアは二人に答えるように羽をぱたぱたとはためかせ、にこにことハルトとユウマの顔を見つめている。仲良くなれそうでよかった。


「妖精に、名前を……？」

「あら……」

「え、もしかして、ダメでしたか……？」

ダイニングでトーマスさんとオリビアさんに妖精さんに名前を付けたと伝えると、お二人とも困惑した表情を浮かべた。

「体は何ともないのか？」

「気分が悪くなったりしてない？」

「……？　はい、大丈夫です」

心配そうに僕の顔色を見るお二人とは対照的に、僕の肩ではノアがにこにこと微笑んでいる。

「そうか……。なら、問題はない、のか……？」

「〝契約〟とかじゃないのかしらね？　不思議ねぇ……」

「契約……、ですか？」

この世界では、森に棲む魔物や魔獣には、人が認識するために付けられたその種族の名称があるらしい。種族全体を通して呼ぶ名前はあるが、個別に識別するための名前は存在しない。

名前を付けるとするなら、魔物使い《テイマー》が主従関係を持つために、〝契約〟として自分の魔力を分け与えるのだという。

魔力を与えずに、〝奴隷の首輪〟で逆らわないようにする卑劣なやり方もあるが、これはこの国の法によって禁止されている行為らしい。

「僕、妖精さんって呼んでるのを誰かに聞かれたらマズいなと思って、ここでの呼び方を考えたんです。ノアって呼んでもいいと頷いてくれたので、たぶん契約とは……、違う、のかな……？」

「ここでの呼び方か……。仮契約みたいなものか？」

「そうねぇ、私たちだけの呼び方という認識なのかしらね？　あだ名、みたいな……」

「あ、そんな感じなのかも」

ね、と左肩に座っているノアに話しかけると、こっくりと頷いてくれた。うん、分かってなさそうだけど、とっても可愛い。

僕たちが話し込んでいると、ハルトとユウマがオリビアさんのスカートの裾をくんと引っ張り、パステクをねだってきたのでこの話は一時中断。

みんなで二人に謝り、一番美味しそうな真ん中の部分をあげることにした。

「あまくって、おいしぃです！　のぁちゃん、どうぞ！」

「のぁちゃん、ゆぅくんのもどぅじょ！　おぃちぃよ」

二人は一番甘そうな部分をノアに差し出しているが、ノアにしたらまだまだ大きくて、食べづらいだろう。

「ノアはお口が小さいから、もっとちっちゃくしてあげたら、食べやすいと思うよ」

「これくらい？　のぁちゃん、たべれる？」

「どぅじょ。のぁちゃん、かわいぃねぇ」

ハルトが差し出したパステクを、あ～んと口いっぱいに頬張ると、ノアは目をキラキラさせて全身で美味しいと訴えている。

次にユウマが差し出したパステクをまた口いっぱいに頬張り、うっとりとした表情で味わっていた。

そんなハルトとユウマ、ノアを見つめるトーマスさんとオリビアさんは、これでもかというくらい破顔し、頬が緩んでいた。

「いいかい？　〝妖精〟っていう存在は、この国では未知のものとして扱われている。その姿を目撃したという者も昔はいたらしいが、今では〝フェアリー・リング〟を見つけただけで幸運とされているんだよ」

トーマスさんがハルトとユウマに、妖精のノアが如何に珍しく、貴重な存在であるかを教えている。きちんと教えないと、僕たちがどれだけ気を付けていても、他の人にノアの存在を話してしまう可能性もあるからだ。

そして現在、「〝みち〟って、なんですか？」「〝ふぇぁり〟ってなぁに？」と、トーマスさんは二人の「なぜ、なに」の質問攻めにあっている最中だ。

オリビアさんに、「もっと分かりやすく教えてあげて」と怒られている。

……森で見つけたあの茸かぁ。絵本の世界みたいで可愛かったなぁ。あの案内してくれた梟さんもカッコよかったなぁ。

……そう言えば、あの梟さん、僕たちが帰るときもずっとこっちを見てたな……。

もしかして、ノアが僕とトーマスさんについて来てたの、知っていたのかも……？

「トーマスさん、森の案内をしてくれた梟さん、いるじゃないですか」

「ん？　〝森の案内人〟か？　あの梟がどうかしたか？」

ハルトとユウマを膝に抱えて、妖精のことを教えている最中のトーマスさん。ノアが頭の上に乗っかっているのには気付いてなさそうだ。

オリビアさんが笑いを堪えているときの顔をしている。

「あの梟さんって、他の人が帰るとき、森から出るまでじっと見ているものなんですか？」

「……いや？　出口の近くまで案内したら、さっさと飛んでいくが？」

「僕たちが帰るとき、森から出るまでじっと見てたんですよ。もしかして、ノアのこと見てたんでしょうか？」

そう言うと、トーマスさんは難しい顔をして唸ってしまった。ノアも頭の上で難しい顔をしている。真似っこかな？　ハルトとユウマも真似をしだした。

「普段のあの梟の態度を知っていると……。見えていた可能性は、高いな……」

「もしかしたら、ノアのこと、心配してるかもしれないですよね……？　ノアが森の外に出て行っちゃったわけだし……」

そう言ってトーマスさんの頭の上を見ると、何も気付いていなかったトーマスさんが、「頭の上に乗るのは止めなさい」とノアに注意していた。

ノアはほっぺをぷーと膨らませて拗ねてしまった。トーマスさんの頭の上が気に入ってたのかも。

「そう考えると、やっぱりノアちゃんは森に帰ったほうが安全だと思うわよ？」

「のぁちゃん、のぁちゃんいっちょがいぃの……」

「ゆぅくん、いっしょ、だめですか？」

ノアと別れなければならないと知ったハルトとユウマは、悲し気に俯いてしまった。

「もしもの場合を考えないといけないよ？　もしノアが他の誰かに見つかって、大騒ぎになったり、悪い人に捕まったりしても、おじいちゃんたちでは助けられないかもしれない。だけど森の中にいれば、案内されない限りノアたち妖精のいる場所へは行けないんだよ」

膝に抱える二人に、「ここにいるより、森にいるほうが安全なんだ」と、トーマスさんは優しく諭す。ハルトとユウマも目にいっぱい涙を溜めながら、最後には「うん」と、小さく頷いた。

……元はと言えば、僕が「お菓子をあげる」と言ってしまったのが原因だ。

なんだか、悪いことをしてしまったな……。

ハルトとユウマはノアと一緒にいられないと知り、森に帰るまでに少しでも一緒にいたいとくっついて遊んでいる。

……そうだ！　いいことを思いついた！　ちょっとオリビアさんに相談してみよう……！

「はい！　ではノアと一緒に、美味しい蒸しパンを作りましょー！」

「はぁーい！」

ノアはぱたぱたと羽をはためかせ、バンザイをしながらぴょんぴょんと作業台の上で跳ねている。

オリビアさんに相談した後、僕たちはお店のキッチンに立って一緒にお菓子を作ることにした。

ノアと少しでも長く、楽しく過ごせるようにね。

ホントはクッキーやマドレーヌにしようかと思ったんだけど、ノアの歯じゃ嚙めないかなと思ってふんわり柔らかい蒸しパンを作ることになりました。

蒸しパンなら、ノアの小さい手でも千切れるからね。

材料は小麦粉、卵、牛乳に、パン屋のジョナスさんから譲ってもらったベーキングパウダー。

入れる具材は、メーラにバナナ、スイートパタータ《さつま芋》と甘いものを中心に。

先にスイートパタータを皮付きのまま細かく刻み、柔らかくなるまで蒸して冷ましておく。

これは蒸し器が熱くて危ないから、僕が担当。

「では！　ハルトはこの小麦粉をこのザルに入れて、サラサラの粉になるように揺らしてください！」

「はぁーい！（ピシッ）」

「ユウマは、この牛乳と卵を混ぜてください！」

「はぁーぃ！（ピシッ）」

「ノアは、この粉をハルトが振っているところに上から少しずつ、混ざるように入れてくださ
い！」

「（ピシッ）」

ノアは返事の代わりに、ハルトとユウマの真似をして了解！　とばかりに敬礼のポーズを決めた。その様子をカウンター席で見守っていたトーマスさんとオリビアさん。お二人の顔はこれでもかと破顔し、頬が緩み切っている。うん、いつもの光景になりつつあるな……。

「あぁ～！　のぁちゃん、たいへん、です！」

ハルトとノアは少し粉を零してしまい、小さいノアは顔中真っ白の粉まみれになっていた。慌てているが、羽がぱたぱたするせいで余計に粉が舞っている……。

こういう時は、一番被害を受けそうで大変だな……。オリビアさんが真っ白になったノアの顔を優しく拭いてあげている。

ユウマはまだ小さいのに、この頃お手伝いをたくさんして慣れているのか、混ぜ方が様になっているような……。

「ユウマ、なんか混ぜ方がカッコいい！」

「えぇ～！　ゆぅくんかっこぃ？　ありぁと！」

ユウマは褒められて嬉しいのか照れているのか、顔がむふふと緩んでる。ユウマが混ぜた牛乳と卵を、ハルトとノアが頑張って合わせた粉とさっくり混ぜ合わせる。

蒸しパンは二種類作るので、この粉はあらかじめボウル二つに分けておく。

メーラとバナナはノアが食べられるくらいに細かく刻み、さっきの粉に加えてさらに混ぜる。

スイートパタータが冷めたら粉に加え、ダマがないくらいに混ざったら大丈夫。型に流して蒸し器に入れて、あとは中火でじっくり火を通すだけ。

ハルトもユウマも、お手伝いする姿が様になってきた気がする。二人がもう少し大きくなったら、兄弟三人で一緒にキッチンに入ることもあるのかな……？　いまから楽しみだ。


「ハルトとユウマはまだ危ないから、森まではお見送りに行けないんだよ」

「そうよ？　森までは遠いし、おばあちゃんもついて行けないの」

森まで一緒に行きたいと泣き始めたユウマと、行きたいけど我慢しなきゃと唇をぎゅっと噛み、泣くのを我慢しているハルト。

あぁ……。僕のせいでもあるから、心が痛いな……。

そんな沈んだ空気の中、ノアは一生懸命、僕たちの周りをぱたぱたと忙しなく飛んでいる。

「ん？　ノア、どうしたの？」

ノアがお店の扉の前でバイバイと手を振ったと思ったら、次は扉を開ける真似をしている。

トーマスさんたちも、何をしているんだとその様子を見守っていると、今度は扉を外側から開けるように開いて、そのまま内側に入るような動きをしている。

そしてハルトの肩に乗り、ほっぺにぎゅっと抱き着いた。

そしてバイバイと手を振った後、もう一度一連の動作をして、今度は泣いているユウマのほっぺにぎゅっと抱き着く。

バイバイをした後に、もう一度、扉を開けて入ってくる……。

一度目はハルトに、もう一度出入りして、二度目はユウマに……。

……ん？

「ノア、もしかして、帰った後もまた会いに来るよって、こと……？」

僕がそう言うと、ノアは目を見開いて、こくこくと大きく頷いた。そして薄っすら光りながら僕たちの周りをすごいスピードで飛び回っている。

ちょっ……、あぶない！　あぶないって！

自分がスピードを出したのに目を回したノアを見て、ハルトもユウマもいつの間にか笑顔になっていた。ちょうど蒸しパンもふんわりと蒸し上がり、お店の中が優しい匂いに包まれる。目を回して寝転がっていたノアも、出来上がりに満足そうだ。

……そしてもうすぐ、お別れの時間がやって来る。


また会いに来るとノアが一生懸命伝えてくれたおかげで、ハルトとユウマの機嫌はすっかり元通りに。いまは蒸しあがってほかほかの蒸しパンを、三人で仲良く食べている。

「あら、ノアちゃんはお腹いっぱいみたいね？」

ノアは体が小さいから、蒸しパンの三分の一も食べられないので、もうお腹いっぱいみたい。テーブルの上でお腹をさすりながら横になっている。

「ノア、蒸しパン美味しかった？」

そう僕が尋ねると、にっこり笑ってこくこくと頷いてくれた。よかった、お土産に蒸しパンを包んであげよう。

……あの梟さんも、食べるかな？

「ふわふわ、あまぃです！　おいしぃ！」

「ゆぅくん、こぇちゅき！」

ハルトはスイートパタータ、ユウマはメーラとバナナの蒸しパンが気に入ったようで、口いっぱいに頬張り、もきゅもきゅと嬉しそうに食べている。なんだかハムスターみたいで可愛らしい。

トーマスさんが「旨いな」と言いながら、蒸しパンを頬張る姿はちょっと面白いかも。オリビアさんも気に入ってくれたみたいで、「優しい味ね～」と、味わって食べてくれている。

オリビアさんは甘いものが好きみたいだから、チョコレートがあったらいいのになぁ。探してみたけど、残念ながらこの辺りのお店には置いてなかった。

トーマスさんもオリビアさんも知らないようで、「王都になら売っているかも」と言っていた。

スパイスも王都で買ったと言っていたし、もし行けることがあったら探してみたいな。

「じゃあ、そろそろ行こうか？」

「ノア、森に送って行くね」

そう言うと、ハルトとユウマはまたしょんぼりと肩を落とす。

「のぁちゃん、また、あえますか……？」

「ゆぅくん、やっぱりしゃみちぃの……」

ノアはむくりと起き上がり、ハルトとユウマの前にふわりと飛んで行く。

淡い緑色の光を纏った蝶々みたいに綺麗な羽を、ゆっくりゆっくりとはためかせ、順番に二人のほっぺにぎゅっと抱き着いた。

さみしくないよ、またあえるからね。

言葉は話せないけど、なぜかそう言っているようで、とても不思議な気持ちだった。

二人もすんすんと鼻を鳴らしながら、「またあそぼうね」「やくそくね」と、小指と小指をくっつけて三人で指切りをしている。

オリビアさんはその様子を見守りながら、いつも通り両手で口を押さえ、叫ばないように必死に我慢していた。

「トーマスさん、僕が余計なこと言ったせいで、ごめんなさい……」

森へ向かう途中、僕はずっと思っていたことを謝罪した。トーマスさんは、はて？　ととぼける仕草をして、「友達ができただけだろう？」と、笑いながら優しく頭を撫でてくれた。

見つからないように姿を消しているノアにも「ごめんね」と言うと、ふっと一瞬だけ姿を現し、僕の肩に乗ってにこにこと笑みを浮かべていた。

ハワードさんの牧場の近くを通り過ぎるとき、柵の向こうで一頭の馬がこちらをじっと見ているのに気付く。

「……トーマスさん。あの馬《こ》、ずっと見てますね」

「……そうだな。もしかしたら、ノアが見えているのかもな」

他の馬より一回りも二回りも大きい、真っ黒な毛並みをしたその馬は、宙を目で追うようにゆっくりと首を動かしている。

その目線の先に、姿を消したノアが一瞬だけ姿を現した。

慌てて周囲を確認するが、周りには誰もいない。僕はホッと胸をなでおろす。

「ダメだよ、ノア……！　見られたらどうするの……！」

僕が小声で注意すると、羽をしょんぼりさせて僕の肩に大人しく座った。

「あの馬《こ》、今度は僕の方を向いてます……。やっぱり、見えてるみたいですね……」

「本当だな。動物には見えるのかもしれないな……」

「他の馬はいないのに、どうしてあの馬《こ》だけ外にいるんでしょうか？」

もう辺りは日が沈む時間帯で、広い牧場には他に牛も馬も見当らない。

「確か、かなり前に、厩舎《きゅうしゃ》が狭くて窮屈そうだから、一頭だけ好きにさせているとハワードが言っていたな……。もしかしたら、あの馬かもしれん。特別、体がデカいからな」

「この柵も、跨いだだけで簡単に越せちゃいそうですよね？」

「なんでも、頭が良くて優しい性格らしい。一頭で三頭分の物を軽々運ぶと言っていたが……。実際見ると、本当のようだ」

ノアがその馬に向かって小さくバイバイと手を振ると、今までじっとしていた馬がブルルと首を振り、低く短い声で嘶《いなな》いた。

森へ向かうと、朝にはあったはずの、木の枝で組まれたアーチの場所が見当たらない。

トーマスさんも予想外だったようで、「困ったな」と焦っている。これじゃ普通の森と変わらないそうだ。もう日も暮れ始め、トーマスさんがランプを点けようとしていた。

「ノア、森の入り口が見当たらないんだけど……。あれが無いと、帰れないんだよね？」

ノアは僕の言葉に首を傾げ、ふるふると首を横に振った。

「……無くても、帰れるの？」

まるで、そうだと言わんばかりに大きく頷き、ノアはその小さな両手を森に向かって翳《かざ》して見せた。すると、淡い緑色の光がふわりと広がり、木の枝がゆっさゆっさとしなり始め、見る見るうちに息を呑むような美しいアーチが完成した。

「……これは……、凄いな……」

「きれい……」

ノアが作ったアーチの向こうは、まるで時間が巻き戻ったかのように暖かい陽の光で照らされていた。一歩足を踏み入れると、後ろでシュルシュルと音を立ててアーチは解け、森の入り口が消えてしまう。

まるで森に隠されてしまったようで、僕の心臓はドキドキと大きな音を立てていた。

すると、上の方で「ホォー」と鳴き声が聞こえ、ビクリとして上を見上げると、大きい一羽の梟が僕たちを見下ろすように木に留まっているのが見えた。

「あ！　あの梟さん！」

「まるで気配を感じなかった……」

〝森の案内人〟と呼ばれている大きな梟が、じーっと僕たちを見下ろしている。

……あ、そういえば。

「トーマスさん、あの赤い実は持ってますか？」

「……いや、すっかり忘れていた……」

トーマスさんが「忘れた」と口にした瞬間、梟さんは怒ったような、ヒドイと悲しむような声で鳴き声を上げた。

もうノアのおかげで森の中には入れたんだけど、あの悲愴感漂う姿はちょっと可哀そうだな。

よっぽどあの実が好物らしい。

……ん～、そうだ。あれを持ってきたんだった。

「ん？　ユイト、どうしたんだ？」

「僕、これを持ってきたんです」

持ってきた買い物用の籠の中をごそごそと探り、目的のものを取り出した。トーマスさんはそれを見て目を丸くしている。

「梟さん、よければお土産、食べますか？」

僕が取り出したのは、みんなで作ったふわふわの蒸しパン。もしかしたら、と多めに包んできた。

ノアの妖精の友達がいるかもしれないし、梟さんも食べるかなと思って。

ノアは梟さんの傍にふわりと飛んでいき、なにかを話している様子。梟さんは首を傾げながら、僕の方を見て「ホォー」と一鳴き。

蒸しパンを持った手をそっと上に掲げると、梟さんは音もなく飛んできて、いつの間にか手に持っていた蒸しパンが消えていた。

振り返ると、すでに木の枝に留まり、足で器用に蒸しパンを掴み、むしゃむしゃと蒸しパンをついばんで食べている。

「梟も、蒸しパンを食べるんだな……」

「甘くない！　って、捨てられなくてよかったです」

思わず二人で顔を見合わせ、笑ってしまう。

梟さんは蒸しパンをお気に召したようで、全部きれいに食べてくれた。

その後はまた梟さんに先導されて、ノアに出会ったフェアリー・リングのある場所へ向かった、んだけど……。

「……トーマスさん。なんか、朝より増えてませんか？」

「……オレの見間違いかと思っていたが……。違ったようだな……」

僕たちの足元には、朝の倍ほどの大きさに広がったフェアリー・リングが光を放っていて、その茸の周りでは、飛んだり跳ねたりと、楽しそうに遊ぶ妖精たちの姿があった。

ノアは僕の肩に乗り、その様子を楽しそうに眺めていた。


「いやいや、こんなこともあるんだな……」

「トーマスさん、この子たち……。どうしましょうか……？」

胡坐をかいて座るトーマスさんの周りには、ノアの友だちと思われる小さな妖精さんがたくさんいた。一人は膝に、もう一人は肩に、もう一人は頭の上にと楽しそうに足をぶらぶらしている。動くに動けないとトーマスさんは困っているが、顔はとっても喜んでいるように見える。妖精さん、

可愛いからね。

僕の周りにも妖精さんが二人、膝に乗って蒸しパンをはむはむと食べている。お土産に持ってきた蒸しパンはどうやら好評のようで、ホッと胸を撫で下ろす。「残った蒸しパンは、明日には食べてね」と、念を押して伝えた。ちゃんと分かっているか心配だけど……。

みんな、こっくりと大きく頷いたので大丈夫だろう。お腹が痛くなったら可哀そうだからね。

ノアは僕の肩に乗って、みんなと話しているようだ。残念ながら声は聞こえないけど、みんなには通じているらしく、とっても楽しそう。

こうしていると、ほんとに絵本の世界だな、とほんわかしてしまう。

そしてなぜか、あの梟さんが僕の横にぴったりと寄り添うように座っている。眠っているのか目を閉じたままだ。

「……名残惜しいが、そろそろ帰らないとオリビアたちが心配するな」

「そうですね。まさか、こんなことになるとは思いませんでしたもんね」

帰る準備を始めると、トーマスさんの肩に乗っていた妖精さんが、朝のノアのようにいやいやと駄々をこね始めた。

それを見たノアが、こまらせちゃだめ、と言っているかのようにその子の手を握っている。すると、妖精さんはしょんぼりした様子でトーマスさんの肩からふわりと宙に舞う。

「ふふ、ノアがお兄さんみたいだね」

僕がそう言うと、目をぱちりと瞬いて、嬉しそうにえっへん！　と胸を張っている。

「ノア、また会いに来るからね。みんなも、またお菓子持ってくるね」

ノアは最後に僕とトーマスさんのほっぺにぎゅっと抱き着き、少しだけ潤んだ瞳で笑顔を見せてくれた。

みんなに「バイバイ」と手を振り、別れを告げる。

ノアも大きく手を振り、またね、と言っているような気がした。


アーチまでの帰り道は、前と同じように梟さんが案内してくれる。

「梟さん、帰り道の分の甘いものは持ってないんだ。ごめんね……」

申し訳なくて先に伝えると、気にするなとでも言うように「ホォー」と一鳴き。そしてなぜか、僕の手にグイグイと押し付けるように緑色の綺麗な石をくれた。

「……これ、僕が持っていていいの？」

そうだ、と言うようにまた「ホォー」と一鳴きし、梟さんは大きな羽を広げて森の奥へ帰って行った。

森から出ると、シュルシュルと音を立ててアーチは解け、森の入り口が消えてしまう。

まるで今までの出来事が夢だったかのような、そんな不思議な気持ちになったが、手のひらに握りしめたこの石が、これは現実だと教えてくれているようだった。

第八章

僕の願い

まだ夜も明けきらぬ頃。ふと、目が覚めてしまった。

隣では、ハルトとユウマがすやすやと気持ちよさそうに就寝中。二人を起こさないように、僕はゆっくりとベッドを降りる。

二度寝の気分でもないし、裏庭で少し風に当たることにした。

「さむ」

庭に出ると、辺りはまだ薄暗く、肌に当たる風がまだ少しひんやりとしている。だけど、それがとても心地よく感じた。

昨日は色々ありすぎて、帰ったら夕食も食べずに僕はすぐに寝てしまった。オリビアさんに「朝、食べます」と断りを入れて、気付いたらこの時間だ。昨日のことは夢だったのではないかと感じてしまうけど、梟さんに貰った石が、全部現実だと教えてくれる。

「……なんか、すごい体験しちゃったな……」

あんなに可愛い妖精さんがいるなんて。

ノアには悪いけど、もう一人弟が増えたみたいだ。また時間を作ってノアに会いに行こう。次はどんなお菓子を作ろうかな。

（……また、喜んでくれるといいな……）


「……あ、れ？　寝ちゃってた……？」

ふと気付くと、裏庭のベンチで居眠りしてしまったみたいだ。外なのに暖かいなと思ったら、いつの間にか僕の肩と膝にブランケットが掛けられている。

水の音がして横を見ると、トーマスさんが井戸水を汲み、顔を洗う準備をしていた。

「おはようございます、トーマスさん」

「あ、起きたか。おはよう、ユイト。朝はまだ冷えるから、そんな所で寝ると風邪をひくぞ？」

そう言いながらトーマスさんは上着を脱ぎ、上半身を絞ったタオルで拭き始める。

トーマスさん、筋肉すごいんだよなぁ。やっぱり冒険者だから、鍛えてるのかな？　僕も頑張ったら、あれくらい筋肉つくのかな……。

「いつの間にか寝ちゃってて……。気を付けます……。あ、ブランケットありがとうございます」

「顔を洗おうと思って外に出たら、ユイトが寝ていたからな、びっくりしたよ。もう中に戻るか？」

「ん〜……。もうちょっとだけ、外の空気を吸ってから戻ります」

「そうか。ならブランケットはまだ掛けておきなさい」

「はい、ありがとうございます」

それから朝日が昇り始めるまで、僕とトーマスさんはベンチでお喋りしていた。

昨日は僕が寝てから大変だったみたい。ハルトとユウマに、妖精さんたちの話を何度もさせられたこと。オリビアさんにもずるいと拗ねられたこと。

それから、僕が貰った石のこと。

僕があの梟さんに貰った石は、もしかしたら〝エメラルド〟じゃないかと、オリビアさんと話していたらしい。この国では〝幸せをもたらす〟とされている石。

トーマスさんは「あの梟も何か意味があって渡したのかもしれないから、失くさないように大事にしなさい」と言って、僕の頭を撫でてくれた。


「にぃに〜！　のぁちゃんのおともらち、かわぃかった？」

「ようせいさん、いっぱぃ！　すごいです！」

ハルトとユウマが起きてきて、トーマスさんの昨日の苦労がもの凄く分かった気がする。

顔を洗ってからも、朝食を作っている最中も、ごはんを食べている最中も、二人はずぅ〜っとノアたちの話を聞きたがった。

オリビアさんに「先にご飯を食べてからね」と注意されたら、もっくもっくとほっぺに詰め込んでいたけど、あれは早く食べてお話聞かせて！　ってねだられる感じの食べ方だ。

トーマスさんもオリビアさんも、それが分かっているのか苦笑いしている。

「それでね、森を出たら木の枝がシュルシュル〜って元に戻って、普通の森になっちゃったんだよ」

「すごーい！　もう、いりぐち、ないですか？」

「ちゅごぃねぇ！　ゆぅくんもみたぃ！」

「そうだね、二人が今よりもうちょっと大きくなったら、一緒に会いに行こうね」

「やったぁ～！」

そして二人が喜んだところで、絶対に言い聞かせなくちゃいけないことがある。

「それと、このお話は絶対に他の人に喋っちゃだめだよ？　ノアたちが悪い人に捕まっちゃうかもしれないからね？　お兄ちゃんと約束してくれる？」

「はい……！　ぼく……、おはなし……、しません……！」

「ゆぅくんも……！　ないちょ……！　しぃー……、よ！」

僕たちは三人でシィーっと人差し指を口に当て、内緒の約束をする。

そして会いに行くときは、三人でノアたちにお菓子を作ろうと約束を付け足した。


ハルトとユウマの興奮も少し落ち着いたので、僕はお店の方に移動する。

オリビアさんがお店のことで相談があるらしい。ハルトとユウマのことは、トーマスさんが見ていてくれると言うのでお任せした。二人はトーマスさんに抱っこされてご機嫌だ。

「オリビアさん、お待たせしました」

「大丈夫よ。ユイトくん、こっちに座ってちょうだい」

僕はお店のテーブル席に座り、オリビアさんの話を待った。

（……何の話だろう？　緊張するな……）

「一昨日、初めてお客さまを呼んで、実践したでしょう？」

「はい、凄かったですね」

イドリスさんたち冒険者の人が、あんなに食べるなんて思わなかった。お店の食材が空っぽになってしまうなんて、ちょっとした事件だよ。

「ふふ、そうね。私もあんなの初めてよ！　それでね？　最初からあんなのを経験したじゃない？もうユイトくんの接客もお料理も大丈夫だと思うのよ。だから……」

この流れは、もしかして……？

「お店の営業を、再開したいと思いまーす！」

そう声高らかに宣言したオリビアさん。

「……と言うわけで、再開する日にちを決めたいなと思って相談したのよ～！」

「日にちなら、僕はいつでも……」

僕たちはこの家にお世話になっている身だ。生活費だって、治療費だって、トーマスさんとオリビアさんに甘えている状態。

僕としては、早くなんとか役に立てればいいんだから、気にすることないのに……。

「ユイトくん、それはだめよ？　ちゃんと話し合って決めたいの。それに営業するにしても、トーマスがいないときはハルトちゃんとユウマちゃんも私たちの見える場所にいてもらいたいじゃない？　だから、トーマスが依頼で出掛ける日はお休みにしようかなと思ったのよ」

そっか、お店が始まったらハルトとユウマは同じ建物にいても、過ごすのは別になっちゃうもんな。営業が始まったらお店の中もバタバタして、危ないかもしれないし……。

「そうですね……。ハルトとユウマも、お願いしたら家の中で大人しくしてくれると思うんですけど、やっぱり二人だけだと心配ですもんね……」

「そうなのよ。何かあったらと思うと私、気が気じゃないもの」

「ん～……。でも、トーマスさんが依頼で何日もいない日が続いたら、全部は休めないと思うんです。来てくれたお客さまにも申し訳ないし……」

「そうねぇ、遠出の場合もあるわねぇ……」

僕とオリビアさんは、二人でう～んと頭を悩ませる。僕としては、トーマスさんとオリビアさんの役に立ちたい。だけどハルトとユウマも心配だし、そのことでお店を閉めてしまっては、元も子もないような気がするんだよな……。ハルトとユウマを、安心して頼める人……。

……あ、そうだ！

「トーマスさんがいない日は、オリビアさんのお休みにするのはどうですか？」

「え？　私の？」

「はい！　これだったら僕も安心だし、元々オリビアさんのお手伝いでお店で働かせてもらうことになったのに、お店を閉めたら申し訳ないので！　……それに、僕にも頼ってほしい、です……」

「ユイトくん……！」

オリビアさんが僕の言葉を聞いて、感激したとばかりに泣き始めてしまった……。

そりゃあ、まだ一度しか接客はしてないし、イドリスさんたちみたいな人が一気に食べに来たら自信はないけど……。

でも、「頑張って、早くオリビアさんの負担を軽くさせたい」と伝えると、また泣き出してしまった……。

どうしようとあたふたしていると、後ろから「あ～！」っと、大きな声が聞こえた。

「おにぃちゃん、おばぁちゃんなかせたら、めっ、です！」

「ばぁばなくの、ゆぅくんかなちぃの！」

「めっ!!」

「えぇ～……、ごめんなさい……」

そんな僕たちのやり取りを見て、オリビアさんはやっと笑ってくれた。はぁ～、よかった……！

そんなことを考えていると、後ろでトーマスさんの笑い声も聞こえてくる。

「ならオレも、安心して依頼を受けられるな」

「はい！　頑張るので、任せてください！」

「ありがとう、ユイト。頼りにしてるよ」

そう言って、大きな手で僕の頭を撫でてくれる。僕、トーマスさんに撫でられるの好きなんだよな……。安心するというか……。

「オリビアも、愛されてるなぁ？」

「ふふ、ほんとだわ。こんないい子たちに出会えて、私たち幸せね」

オリビアさんも笑いながら、テーブル越しに僕の頰をそっと撫でてくれる。

それを見たハルトとユウマも、「ぼくもなでて」と、オリビアさんに抱き着いている。優しく撫でられて、二人もとっても嬉しそうだ。

……あ、思い出した。

「オリビアさん、サンドイッチって、メニューに加えてもいいですか？」

「サンドイッチ？　ユイトくんの作るサンドイッチ、美味しいわよね」

「オリビアがお代わりするくらいだからな？」

と、お互い頷き合っている。「でも、急になぜ？」と訊かれ、僕は正直に答えた。

「はい。イドリスさんが常連になってくれるそうなので、オリビアさんに相談するって約束したの、すっかり忘れてました！」

そう言った途端に浮かべた、お二人の苦虫を嚙み潰したような顔を、僕はずっと忘れないと思う……。


「では、気を取り直して！　お店の営業再開日について、話し合いたいと思います！」

「はぁ～い！」

イドリスさんの好きなサンドイッチは、メニューに無事採用されたが、イドリスさんとギデオンさん、バーナードさんとブレンダさんは予約制にすることが決まった。

あの人たちは来店の二日前には教えてくれないと、お店の食材が無くなる可能性があると。

それには異議なし！　で即決だった。

「そうだな。オレのほうも、もうすぐ指名依頼があるからな。ユイトには少し早めに店を任せるかもしれん」

「あら、もうそんな時期なのね」

「時期？　トーマスさんの指名依頼って、毎年ですか？」

ちょっと不思議に思って訊いてみた。どんな依頼なんだろう？　毎年ってことは、季節の薬草とか？　トーマスさんだったら、暑い時期にしかいない強い魔物とかかな？

いつも頼まれるって、信頼されてるってことだよね！

「そうなのよ。王都にいるときに、直々にお願いされちゃったのよね？　もう十年くらいになるかしら？」

と、オリビアさんがユウマの頭を撫でながら、思い出したようにふふっと笑う。

「今年は、ユイトたちと家にいたいよ……」

トーマスさんはハルトの頭を撫でながら、溜息混じりで答えてくれた。

「おじぃちゃん、どこか、いっちゃいますか？」

「じぃじいなぃの、ゆぅくんやだなぁ」

ハルトとユウマの寂しそうな顔に、トーマスさんはグゥッと唸っている。

「いや……。王都からな、知人が遊びに来るんだ。毎年な」

「その人たちの護衛も兼ねてるのよね」

「護衛、ですか？　遊びに来るのに？」

僕の頭の中は、一体どんな人？　と疑問でいっぱいだ。

「ちょっとなぁ……。立場の偉い人なんだよ……」

「なるほど……？」

トーマスさんが珍しく言葉を濁して、頬を掻いている。

「わざわざ往復に数日も掛けて遊びに来るのよ？」

「そんなにトーマスさんに会いたいんですね！」

「ふふっ、そうね！」

「そんな可愛いもんじゃないよ……」

トーマスさんはまた溜息混じりに苦笑い。「来たときは紹介する」って言ってくれたから、今から会うのが楽しみだ。

「その依頼が二週間後なんだよ。それまでにユイトには、頑張って店のことを覚えてもらわないといけないんだが……。頼んでもいいか？」

「はい！　なら、なるべく早く営業再開させたいです！」

覚えるのには実践が一番だし。

「そうねぇ。仕入れるお店にも、連絡しなきゃいけないし……。ん～、二日後、でどうかしら？　三日後でもいいわね」

「いえ！　二日後でお願いします！」

「じゃあ、再開は二日後に決定ね！　楽しみだわ！」

「はい！　よろしくお願いします！」

こうして無事に営業再開日が決定し、僕のやる気も沸々と漲るのであった。

「おにぃちゃん、おみせ、たのしみ？」

「うん、すっごく楽しみ！　今度はハルトに情けない姿見せられないから、頑張るよ」

「にぃにのふるちゅちゃんど、ゆぅくんちゅき～！」

「ぼく、ころっけ、たべたぃです！」

「じゃあ、それはメニューに加えましょうね～」

お店の営業再開日が決まってから、僕はオリビアさんとメニューの相談をしたり、仕入れ先のお店に再開日を知らせに行ったり、なかなかに忙しかった。

近所の人たちは「お店に食べに行くよ」「楽しみにしてる」と言ってくれた。喜んでもらえるような料理を作りたいな。

ハルトとユウマはトーマスさんの膝に乗りながら、メニューを考えているオリビアさんと僕を「がんばれ」と応援してくれている。

大体は自分の好きな料理を言っているだけなんだけど、オリビアさんは「それも加えましょうね～」と、どんどんメニューの項目を増やしているので心配だ。

「ユイト、オレはあの前に作ってくれた……。マッシュルームをガーリクとチィリで食べるやつがいい」

「え？　あ、アヒージョですね！」

「あれは癖になる……」

「そうね！　あれもすっごく美味しかったわ～……。これもメニューに……」

「お昼にガーリクを食べたら、臭いは大丈夫ですか……？」

「う……」

アヒージョはガーリクをたっぷり入れるから、結構臭いが残るんだよね。あ、でもオリビアさんは黙々と食べていた記憶があるな……。トーマスさんも、さすがにそれは気になるようで、「昼はさすがにダメか」としょんぼりしていた。美味しそうに食べてくれてたもんね。

「ん～……。夜の営業なら、まだメニューに出せましたけどね……」

僕が何気なくそう呟くと、二人はハッとした顔でその手があったかと顔を見合わせている。「まだ、だめですよ～」とやんわり言うと、また二人してしょんぼりしてしまった。「アヒージョは家で食べればいいじゃないですか。いつでも作りますよ」と伝えると、すごく喜んでくれた。

そんなに気に入ってくれてたんですね……、アヒージョ。

「そんなに好きなら、今夜作りましょうか？」

トーマスさんとオリビアさんが、凄い勢いで同時に僕の顔を見た。

「ホントか（に）!?」

「え、はい……」

「ありがとう！」

そして、お二人同時に感謝された。……そんなにか。そんなになのか、アヒージョ……！

とりあえず、今の時点で決まった大まかなメインメニューは、
・オムレツ（チーズ入りorチーズなし）
・コロッケ（日替わり）
・ビフカツ
・ブラートパタータ
・トマトクリームパスタ
・ミートパスタ
・カルボナーラ
・たまごサンド

・厚焼き玉子サンド
・ビフカツサンド
・フルーツサンド（フルーツは日替わり）
・サラダ、スープ、パンのセット（サラダとスープは日替わり）
……と、こんな感じで様子見だ。

コロッケ・サラダ・スープ・フルーツサンドの食材は、その日にお得だったり、旬のものだったりを日替わりにして提供する形をとってみる。

パスタ生地とソース以外は、比較的その日に仕込めば間に合うと思う。

まずは実践あるのみ。

卵を売っているフローラさんも、サンドイッチを楽しみにしてくれていて、「食べに行くわ」と言ってくれたし、カーターさんもエリザさんも「行く」って言っていたから、ヘタなところは見せられないな。


「ユイトくん、じゃあ早速、仕込んでいきましょうか！」

「はい！　僕は生地から仕込みますね」

「ええ、お願い。私はミートソースを仕込むわ。あ、生地は半日寝かせるのよね？　多めにお願いしてもいいかしら？」

「分かりました。それが終わったら、夕食の準備を始めますね」

「ふふっ、アヒージョも多めにお願いね！」

「あ、オレも多めに食べるぞ！」

「分かりました！　明日ガーリク臭くなっても、知りませんよ？」

「明日のことは気にしない！」

かくして二日後の営業再開に向け、また大量に仕込みをすることになった。

トーマスさんもイドリスさんたちに伝えて来てくれるそうなので、もしかしたら来店するかもしれないというのを念頭に置いて、作業をしなければならない。

そして、やっとお二人の役に立てるかもしれない、という僕の願いが、現実になろうとしている瞬間でもあった。


「最高だな……」

「ほんと……。アスパラゴを入れても、美味しいのね……」

「魚介類だと、もっと旨いんだろう……？」

「はい！　鑑定《メモ》にあるのだと……、オイスター《牡蠣》とシュリンプ《海老》が絶品らしいです！」

「オイスターは食べたことはないが……。やはり海に行くべきか……」

「悩むところね……」

「そんなにですか……？」

さっきから、トーマスさんとオリビアさんはこの調子。アヒージョがよっぽど口に合ったのだろう。こんな風に夢中になってくれたら、料理のし甲斐もあるよね。

「おじぃちゃん、とっても、うれしそうです」

「ばぁばも、にこにこちてりゅ！　おぃちぃの～？」

「トーマスさんもオリビアさんも、あのお料理が大好きなんだって。ハルトもユウマも大きくなったら、みんなで一緒に食べようね」

「うん！」

　ハルトとユウマはまだ小さいから、ガーリクたっぷりのアヒージョは食べられないので見ているだけ。だけど二人とも、大好きなマイスとアスパラゴのバター炒めを食べてご機嫌だ。

　二人が美味しそうに食べてくれるのは嬉しいな……。

　もっと小さい子向けの料理も練習したいなぁ～。お子さまランチとかいいよね。お米があれば、チキンライスに海老フライ、ナポリタンにハンバーグ……。あ、ハンバーグも久し振りに食べたいなぁ……。ミートボールにグラタンも、みんな好きな気がする。みんなが好きと言えば、から揚げだよねぇ……。プリンにケーキ、砂糖がもっといっぱいあればなぁ……。あとチョコレート……。

「……おい、ユイトはどうしたんだ？」

「気にしちゃダメよ。ユイトくん、お料理のこと考えてると、いつもああなるのよ……」

「おにぃちゃん、よく、なります……」

「にぃに、しゅごぃねぇ……」

　そんなことを言われているとは露知らず、僕はお子さま向けのメニューに思いを巡らせていた。

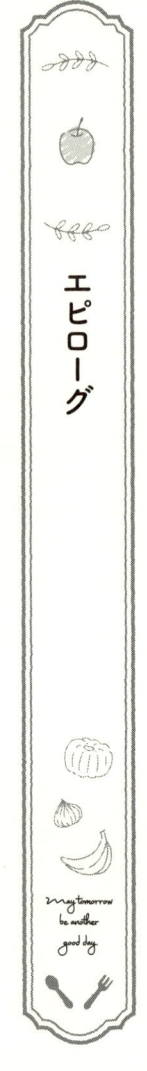

エピローグ

may tomorrow be another good day.

ふと顔を上げると、窓から朝日が射し込み始めていた。

「あら？　おはよう、ユイトくん。ふふ、早起きねぇ」

「おはようございます、オリビアさん！　なんか、明日だと思ったらじっとしてられなくて……」

そう、いま僕がいるのはお店のキッチン。

ついに明日から再開だと思うとつい目が冴えてしまって、いつもより早く起きてしまったのだ。

何かしていないと落ち着かなくて、お店の掃除を終え、朝食の準備をしていたところだ。

今日の朝食はキュルビスのポタージュに、ベーコンと目玉焼きをのせたトースト、お手製マヨネーズをかけた野菜たっぷりのサラダ。ハルトとユウマのサラダには、マイスを多めに入れてある。

「ユイトくんの作るお料理って、いつも美味しそうだわぁ」

「え？　ありがとうございます！」

「見た目だけじゃなくて、味も絶品なのよね……。尊敬しちゃう……」

「急にどうしたんですか？　オリビアさん……。褒めても何も出ませんよ？」

「あら！　褒めてるだけなのに、ひどい！　私、傷ついたわ！」

オリビアさんが大袈裟に悲しむふりをする。最近はこんなくだけた会話もできるようになって、少し嬉しい。

「えぇ～……。じゃあ、お詫びに今朝はコレをデザートに付けますね」

「えっ!?　なにコレ……！」

僕が取り出したのは、オランジュを花に見立てた飾り切り。仕込みもまだしなくていいし、手持ち無沙汰だったのもあって、つい面白そうだと手を出してしまった。

一つ目はちょっと不格好になったから僕の分。他のは結構上手く出来たと思うんだけど、どうだろうか……。

「とっても綺麗ね……！　ローゼ《バラ》の花みたいだわ……！」

オリビアさんはお皿を覗き込むように、オランジュを凝視している。

「ほんとですか！　ちゃんと花に見えてよかった～！」

「お料理にこんな工夫してくれると、華やかで心が弾んじゃうわね！　とっても素敵！」

「喜んでもらえて嬉しいです！　あ、ハルトとユウマ起こしてきますね」

「えぇ、お願いね。私はすぐ食べられるように、準備しておくわ」

「はい、お願いします！」

テーブルセッティングはオリビアさんに任せ、僕は弟たちを起こしに向かった。


「ハルト～、ユウマ～、おはよぅ～……」

部屋のドアをそっと開けると、二人はまだベッドですやすやと眠っている。僕は二人を起こさないようにそ～っとベッドに上がり、二人の横に肘をついて寝転んだ。

まだ幼い二人のほっぺをつついてみると、マシュマロのようにふくふくで、ずっと触っていたくなる。

ハルトの髪は、僕の髪と違ってふわふわしてる。いつも抱っこするとき、ほっぺたに当たってくすぐったいんだよね。

口癖のようになってしまった「です、ます」も、あの父親が怖かったから自然とそうなってしまった。本当はこっちに来て直ればいいなと思っていたけど、ハルト本人も意識してないんだろうなぁ。いっつも僕の後ろをついて来てあんなに甘えん坊だったのに、いつの間にかお手伝いしたり励ましてくれたり、どんどん成長してる。

ユウマはあんなに小さかったのに、ハルトと一緒になってお手伝いして、僕を喜ばせてくれたなぁ。「いちょがちぃ、いちょがちぃ！」って、いま思い出しても笑ってしまうけど。

あっちにいるときは、怯えてずっと部屋の隅に座っていたけど、いまはいろんな人に可愛がってもらえて、人懐っこい甘えん坊ってカンジだな。


……あの時、土砂が流れ込んだ瞬間。

もうダメだって思ったのに、いまはこうして柔らかいベッドで眠れている。

こうして三人で一緒にいられるのも、こんなに優しい人たちに出会えたのも、お母さん、おじいちゃん、おばあちゃん、みんなが助けてくれたおかげなんだよなぁ……。

……あぁ、しあわせだなぁ……。

「……んぅ？」

つい気持ち良くて頬を触っていたら、ハルトが起きてしまった。いや、起こしに来たんだからこれでいいのか。

「あ、おはようハルト。ご飯できてるよ」

「……おにぃちゃん、どぅしたの？」

ハルトが僕の顔を見てびっくりしている。ユウマも起きてきて、僕の顔を見た途端、悲しそうな顔をした。

「……にぃに、なぃちぇる……。かなちぃの……？」

「え……？」

僕は自分でも気付かないうちに泣いていたようで、意識するとぽろぽろと涙が溢れてきた。

「おにぃちゃん、どぅして、なぃてるの……？」

「どっか、いたぃたぃ……？」

「ちがぅんだ、……う、ごめんね……」

二人は僕を抱きしめながら、「だいじょうぶ、ぼくたちがついてるよ」と、一緒に泣きながら背中をさすってくれた。僕はそれでまた涙が溢れて止まらなくなってしまった。

慌てて「ちがうの、幸せだなって思ったら、嬉しくて泣いちゃったんだよ」と言ったら、二人は笑って「ぼくもしあわせ！」と、またぎゅっとしてくれた。

「はぁ……、ごめんね？　お兄ちゃん泣いちゃって……。三人で泣いてたら、トーマスさんとオリビアさんをビックリさせちゃうね」

「おにぃちゃん。おばぁちゃん、そこにいます」

「じぃじも！　めしょめしょちてるの」

「……え」

僕の後ろにあるドアに振り返ると、ドアの向こうでぐしゃぐしゃに泣くオリビアさんを、目頭を押さえたまま鼻を啜るトーマスさんが、宥めるように抱きしめていた……。


オリビアさんが落ち着くのを待って、ようやく朝食。

すっかり冷めてしまったけど、みんな「美味しいね」と笑顔で食べてくれている。オランジュで作った花は、ハルトとユウマも「きれい」と言って、ずっと眺めていた。

トーマスさんとオリビアさんには、「何かあったら、ちゃんと私たちに話しなさい」と怒られてしまった。

けど、「みんながいるから、幸せです」と言ったら、また泣かれてしまった。

「トーマスさん、オリビアさん。僕、今日からまた頑張ります」

意を決してそう伝えると、お二人ともびくりと肩を震わせる。

「ユイトくんはそれ以上頑張ると私たちがもたないから、ほどほどにしてちょうだい……」

「オレはしばらく仕事に行きたくない……。一緒にいたい……」

そう言って、ハァ、と深い溜息。

「おじぃちゃん、いっしょ、たのしぃです！」

「じぃじもいっちょ、あちょぶ？　ゆぅくん、うれち！」

「あぁ！　おじいちゃんと遊んでおくれ！」

ハルトとユウマの言葉に、トーマスさんは嬉しそうに微笑んだ。きっと今日は、三人で遊ぶんだろうな。その光景が目に浮かぶようだ。

「あら！　ずるいわ～！　おばあちゃんも入れてちょうだい！」

「オリビアさんは、仕込みがあるからだめですよ～」

「えぇ～……。そうね……、私も頑張らなくちゃね！」

オリビアさんは寂しそうにしていたけど、営業再開が目前だから仕方ない。

「おばぁちゃん、がんばって、ください！」

「ばぁば、ゆぅくん、おぅえんちてるね！」

「ふふっ！　おばあちゃん、たっくさん頑張れそうだわ～！」

ハルトとユウマが上手く応援してくれたおかげで、オリビアさんはやる気を出してくれた。

……本当は、僕が笑えるように、わざと大袈裟にしてくれているんだろうな。

トーマスさんとオリビアさんは、そんなこと無いと否定しそうだけど、そんな気がする。

少し恥ずかしいところも見せてしまったけど、この優しい人たちに恩返しするためにも頑張ろうと、僕は気持ちを新たにした。

番外編　母から子へ

それは十二月の、雪が深々と降り続ける真夜中のことだった。

分娩室の一室で、小さな小さな産声が上がる。

「おめでとうございます！　お母さん、頑張ったね！」

医師や助産師たちに見守られ、へその緒が繋がったまま産まれたばかりの小さな我が子を胸に抱いた。ほやほやした指先に、自分の指をそっと絡める。

少しだけ握り返してくれた、その小さくてかけがえのない、世界で一番大切な温もり。

「やっと、会えたねぇ……」

この子が私のお腹にいたのだと、胸がいっぱいで自然と涙がこぼれた。

「お父さん、おめでとうございます！」

そう言われた夫の顔は涙でぐしゃぐしゃで、私よりも泣いていると思わず笑ってしまった。

十月十日。初めてのことばかりで戸惑い、夫婦で手探りの毎日。学生結婚でお互いの両親にはかなりの心配をかけてしまったけれど……。

私に「ありがとう」と、そして我が子に「可愛い」と言いながら泣く彼の姿を見たら、自分たちなら大丈夫だと、心の中でそう確信していた。

＊＊＊＊＊

「……ねぇ。うちの子ってさぁ、めっちゃ可愛くない？」

子どもが生まれてから半年。ふにゃふにゃ言いながら眠る我が子を見て、つい零れてしまった一言。

噂には聞いていた夜泣きに夫婦でフラフラになりながらも、やっぱり我が子は可愛らしい。

ふんわり柔らかな髪の毛に、ふっくらとしたマシュマロほっぺ。指先にある桜貝のような小さな爪を見て、人間の体ってよく出来てるなぁと、思わず感心してしまうほどだ。

そんな私に「なに当たり前のこと言ってんの？」と、結人《ゆいと》の寝顔をカメラに収めながら、彼は笑いもせず平然とした顔で言い放つ。就職したばっかりで大変なのに……。

彼も大概、親バカなのかもしれない。

そして今日も、お互いの両親に我が子のイチ推し画像を送るのだ。

＊＊＊＊

「おぃち！」

一歳になり、今日も結人はにこにこ笑顔でおやつのバナナを食す。右手にはしっかりとフォークを握っているのに、なぜか手摑みでいくところが、お母さん元気があっていいと思うな。

「結人～。バナナ、美味しいねぇ」

「ねっ！　おいちぃねぇ！」

洗濯物は大変だが、この笑顔にいつも「まぁ、いっか」と絆されてしまうのだ。

今日も今日とて、夫は帰りにスーパーでバナナを買って帰るのだろう。

＊＊＊＊

「あらぁ～！　こんにちは！　今日はお母さんのお手伝い？」

保育園の帰り道、スーパーの駐車場で軽トラックに乗っていた年配の女性に声を掛けられた。

挨拶すると、「お母さんにそっくりなのね」と笑顔で言われる。運転席に座る旦那さんらしき人にも会釈されたので、私も慌てて挨拶を返す。

……でも、どこかで見たことがあるような……。

「おばちゃん、おじちゃん、こんにちは！　うん！　きょうね、かれーなんだよ！」

野菜が入った買い物袋を両手に掲げ、その女性に嬉しそうに見せている。

もうすぐ五歳になる結人は、誰に似たのか人懐っこい性格に育ち、誰にでもにこにこと話すようになった。保育園の先生たちにも、みんなの人気者ですと聞かされたけど……。

「わぁ！　いいわね！　カレー美味しいわよね～！」

「うんっ！　ぼくね、おかぁさんのかれー、だぃすき！」

大きな声で言うものだから、周りの人もにこにこと笑みを浮かべてこちらを見ている。

すると、いつの間にか結人が買い物袋を開け、その中身を見せていた。

「にんじんとね、たまねぎと～、じゃがいも！」

「ふふ。ゆいとくん、じゃが芋もたくさんあるのね？」

「うん！　じゃがいも、だぃすきだもん！」

結人の言葉に嬉しそうに笑うご夫婦と別れ、家までの道のりを二人で歩く。そこでふと、ある事に気が付いた。

「……ねぇ、結人。さっきの人、知ってる人？」

あの人、結人の名前を呼んでいた。近所でも見たことはないはずだし、保育園でも会ったことはないはずなんだけど……。

「うん！　おいもほりの、おばちゃんとおじちゃん！」

「おいもほり……」

そう言えば、先月の保育園の行事で、さつま芋の〝おいもほり遠足〟があった。

でも、あのご夫婦、私もどこかで見たような気がするんだけどなぁ、とモヤモヤしていると……。

「このじゃがいももねぇ、おばちゃんがつくってるんだよ！」

私はその言葉でようやく理解した。

「あ～！　だから結人、お野菜買うとき、自分で選ぶようになったんだねぇ」

「うん！」

最近、近所の産直市場があるスーパーに行くと、必ずと言っていいほど「これにする！」と言って、結人は自分が選んだ野菜を買い物カゴに入れていた。その野菜の上に生産者さんの顔写真が貼ってあったから、それで判断していたんだろう。そりゃ、私も見たことがあるはずだ。

野菜のラベルには名前が書いてあるけど、結人はまだ読めるわけないし。

「あの人たちね、森下さんっていうお名前なんだって」

「もりしたさん？」

「今度会ったら、お名前で呼ぼうね？」

「うんっ！」

そして後日、出会い頭に「もりしたのおばちゃん！」と言って驚かれていた。森下さんはとても嬉しそうだったから、良しとしよう。

＊＊＊＊

結人が小学校に上がった六歳の夏。今年のお盆は、私の実家に帰省した。夫は仕事のため、今回はお留守番だ。「寂しい」と言いながら駅まで送ってくれた。

「結人～！　行くで～！」

「おじぃちゃん、まってぇ～！」

嬉しそうに出掛ける父と結人を見送り、畳の上にだらりと足を伸ばす。ちゃぶ台の上に置いた飲みかけの麦茶は汗をかき、暑さで溶けた氷がカランと音を立てる。

蝉が鳴き、縁側から見えるのは、只々ひたすらに広い青空と、真っ白な入道雲。そして、船が走る水しぶきに、キラキラと太陽が反射する青い海。

海辺の町で育った私は、高台の家から見えるこの景色が大好きだった。

「お父さん、結人ちゃん連れて、えらい張り切ってたねぇ」

そう笑いながら母が持って来てくれたのは、私が幼い頃から大好きな、青いパッケージのバニラアイス。蓋を開け、その裏に付いたアイスを掬う。それがまた、たまらなく美味しいのだ。

「伯父さんらも一緒て言うてたよ。堤防で結人に釣り教えてくれるんやって」

嬉しそうに日焼け止めやら水分補給用のドリンクやら、荷物を大量に抱えて行った父。実家のまだまだ現役である軽ワゴン車には、いつの間にか大きなクーラーボックスが積まれていた。

「あらぁ？　お父さん、獲れたてのたっちょで海鮮丼作るて言うてなかった？」

「……お父さん、結人の舌が肥えたら、どうすんの……」

獲れたての太刀魚なんて、絶対に美味しいやつ……！　私だって食べたいよ！

父はどうやら、還暦をとうに過ぎてからできた初孫に、随分と浮かれているようだ。

ありがたいけど、戻ったらそんな贅沢させられないんだけど……。そして夕飯前に父と帰宅した結人は、「しらすどんもたべた！」と嬉々として報告してくれた。ちなみに太刀魚は、天ぷらにもしたらしい。共犯らしい漁師の伯父と一緒に、顔馴染みの近くの店で調理してもらったそうだ。

……まぁ、母と私にもお土産のお寿司があったので、仕方がないと許すことにした。

＊＊＊＊

「お母さーん！　ただいまぁー！」

結人が小学二年生になってすぐの頃。〝名前の由来〟を調べるという宿題が出された。そう言えば、私の頃もそんな宿題あったなぁと懐かしくなる。

「ねぇ、お母さん。ぼくの名前って、だれがつけたの？」

ダイニングテーブルにプリントを広げ、鉛筆を持ちながら興味津々といった様子で尋ねてくる。

「結人の名前はね、お父さんが付けたんだよ」

「そうなんだ！　つけた人は、お父さん、っと……」

真剣な表情で記入する結人を見ながら、取り込んだ洗濯物を畳んでいく。真剣なときは、唇が尖がるんだよなぁ。そこは彼にそっくりだ。

「えっとねぇ、つぎは……。ぼくの名前のゆらいは、なんですか？」

次の質問に私は洗濯物を一先《ひとま》ず置いて、メモ用紙を取ってから結人の隣に腰掛ける。

「この結人の〝結〟っていう字があるでしょ？」

「うん」

私の書く文字を、結人は食い入るように見つめている。

「これは紐を〝むすぶ〟とか、髪を〝ゆわえる〟とも読むんだけどね。この左側が〝糸〟、右側が〝吉〟。この吉っていう漢字はね、〝幸せ〟とか〝おめでたい〟っていう意味でね。糸は〝紡ぐ〟とか、〝繋げる〟っていう漢字にも使われてるの。お父さんね、結人に〝たくさんの人と、幸せな縁を繋げる人になってほしい〟って意味で〝結人〟って付けたんだって」

そう言うと、結人は真剣な表情で考え込んでいる。ちょっと難しかったかなと思っていると、パッと顔を上げた。

「お父さん、ぼくに友だちたくさんつくってほしいってことだ！」

にこ〜っと満面の笑みで言い切った結人に、思わずつられて笑ってしまった。閃《ひらめ》いたように鉛筆を握り、つらつらと項目に書き記していく。なんて素直な子に育ったんだろう。

親バカな自覚はあるけれど、どうかこのまま成長してくれたらなと願わずにはいられなかった。

＊＊＊＊

「お母さん、今日マラソン三位だった！」

息も白む冬の始まり。今日は結人の通う小学校で、マラソン大会が行われていた。

「えぇ!?　凄いじゃん！　お母さん、いっつも最後のほうだったのに……」

四年生になった結人は走るのが得意なのか、帰宅早々、得意満面で報告してくれる。今回は惜しかったが、短距離のかけっこでは負けなしだ。これも中高と陸上部だった夫に似たのかも。

……運動音痴な私に似なくて、本当に良かったと思ってしまう。

「悠人《はると》〜！　お兄ちゃん、凄いねぇ？　三位だって！」

私の腕の中には、生後半年になる次男の悠人。今日もご機嫌な様子で手足をバタつかせていた。

「はると、ただいま！」

手洗いを終えた結人は、私の腕から悠人を抱き寄せる。すぅ〜っと息を吸い込み、「今日もいいにおい！」と満足げだ。それ、お母さんも分かるよ。つい嗅いじゃうんだよね。

悠人のお世話をしばらく結人に頼み、私はその間に夕飯を作り始める。夫が会社をリストラされた時は、この先どうなるかと不安だったけど、くよくよしていても仕方がない。

工場で頑張る彼を見習い、私もなるべく節約を心掛けている。お肉や魚は絶対食べさせてあげたいから、セール品や値引きの時間帯は見逃さない。だけど食べ盛りには物足りないだろうから、もやしに豆腐に蒟蒻と、今日もかさ増し食材が大活躍だ。

今日のお弁当のおかず、美味しかったかな。明日のお弁当は何にしようか。

そんなことを考えながら、私は今日も愛情を目一杯込めて、ご飯を作るのだ。

＊＊＊＊＊

九月。夫が家に帰らなくなった。

＊＊＊＊＊

三月。パートを辞め、母の待つ実家へ戻ることにした。お腹には三人目の子どもを妊娠中。私の実家に比べれば比較的近い隣県の義実家も、義母が闘病中で頼ることは憚《はばか》られる。

悩みに悩んだが、結人の「おばあちゃんのところに行こう」と言う一言で決心が着いた。

父はちょうど二年前、あんなに楽しみにしていた二人目の孫の顔を見ぬまま、海の事故で他界した。それから一人で暮らす年老いた母は、夫のこともあり、私たちのことを大層心配していた。

結人との電話で私がパートを掛け持ちしていると知り、「とんでもない！」と、こっぴどく叱られた。……母に叱られるなんて、いつ以来だろう。知らぬ間に涙が溢れ、止まらなくなっていた。

「ごめんね、結人ぉ……。お母さん、もう、無理かもしれん……」

電話を切り、自分でも情けない声が出た。日に日に大きくなるお腹を抱え、不安と焦りで眠れぬ日々。色々と限界だった。

「……お母さん、おばあちゃんのところに行こう。僕、もうすぐ六年生だし、友達とも会えなくなるわけじゃないから大丈夫だよ」

どうやら私のいない間、母と何度か電話で話し合っていたらしい。

この間まであんなに小さかったのに、いつの間にこんなに頼もしくなったのか。

結人は泣きじゃくる私の背中を、いつまでもいつまでも宥めるように、あやすように、優しく撫でてくれた。

＊＊＊＊

実家に戻ってから九か月。お腹にいた三男の悠真《ゆうま》も無事に生まれ、慌ただしい毎日。

「はぁ〜……。結人、このひじき、美味しいねぇ……」

今日は日曜日。学校が休みの日は、結人がご飯を作ってくれる。

今朝は少し焦がした玉子焼きと、母に教わったひじきの煮物。鯖の塩焼きと、私の好きなほんのり甘い梅干しにゆず大根。お出汁の利いた豆腐とワカメのお味噌汁。最高すぎておかわり必至だ。

結人は悠人にご飯をあげながら、「よかった！」と少し照れたようにはにかんだ。

悠真は母に抱かれながら、今日も元気にミルクを飲んでいる。

「お母さん、忘れ物ない？」

「うん、大丈夫だよ！　ありがとうね！」

母の知り合いに紹介され、働き始めた近所の介護施設。まだ二歳の悠人と生後半年の悠真が心配だったのだが、日中は母が見てくれると言うので甘えることにした。

趣味でしているボランティアの通訳ガイドはいつでも出来ると、今は孫の成長を見守ることにしたらしい。母には感謝しかない。

今は研修中だが、春には正社員として勤務することになっている。

結人も中学生になるし、これで少しは安定した収入が得られるようになる。

「じゃあ、行ってきます！」

「行ってらっしゃい！　気を付けてね！」

「おかぁしゃん、いってらっちゃ～ぃ」

結人と悠人に見送られ、意気揚々と自転車を走らせる。

頬に当たる風が冷たく、息をするたび喉の奥がスンと冷えていく。

十二月。この地域では珍しく、見上げた空から初雪がはらはらと降り始める。

……大丈夫。私たちは、きっと大丈夫。

そう自分に言い聞かせ、子どもたちのために出来ることは何でもしようと、改めて決意した。

＊＊＊＊

「ハァ〜……。今回も最高だった……！」

子どもたちが寝入った深夜二時。明日は休み。束の間の自由時間だ。

録画した大好きなドラマを見終え、滝のように流れ出た涙を乱雑にティッシュで拭う。

満足しながらすっかり冷えてしまった甘いココアを一口。

「お母さん、そういうの好きなの？」

「ふわぁ!?」

休みだと思って気が緩んでいたのかもしれない。凭《もた》れたソファーの背後に結人が立っていた。

「結人……！　いつから起きてたん……!?」

「えっと……。男の人二人が再会して、……チュウ、するとこから」

「そこ、ドラマで一番盛り上がったシーンやん……」

つまりは、少なく見積もっても約十分弱はいたという計算になる。

お母さん、ドラマ観ながら泣いてたところを中二の息子に見られて、ちょっと恥ずかしい……。

動揺して、地元の言葉になっちゃったよ……。

「クラスでも流行ってるよ。女子たちがドラマ観た次の日、いつも騒いでる」

「へぇ〜！　羨ましい……」

つい本音が漏れてしまったけど、明日も平日。結人がこの時間に起きてくるのは珍しい。

「なに？　眠れなかった？」

そう言いながら隣に座るようにぽんぽんとソファーを叩く。すると、結人は借りてきた猫のように遠慮がちにソファーに座る。

「どうしたの？　学校で何かあった？」

「……ん～。何もないよ。お母さんいるから、起きてきただけ」

そう言いながら、私の右腕に寄り掛かってくる。

「なによ～？　甘えたさんなの？」

「……うん。お母さん、いっつも忙しそうだから、久し振りだなと思って」

そう照れくさそうにはにかむと、えへへ、と私の腕に安心したように凭れ始める。なんて可愛い生き物なのだと感動していたが、この子は正真正銘、私がお腹を痛めて生んだ子だった。

「ふふ。結人は将来、どんな人連れてくるんだろうねぇ？」

「えぇ～……？　そんなの、まだ分かんないよ……」

こういう話題はまだ恥ずかしいのか、ぷいっと顔を背けてしまった。

結人は親の私から見ても整った顔をしていると思う。カッコイイより、美人系……？　髪の毛なんか艶々で、本当に羨ましいくらいだ。

「まぁ、お母さんは結人のことを大切にしてくれる人だったら、全力で応援するよ」

「……ふ～ん」

それが女性でも、男性でも。と付け加えると、結人はきょとんとした顔で私の顔を見返した。

「男の人でも？」

「うん。お母さんの中学の同級生にもいたよ。大学に入ってから恋人もできたんだって。すっごく幸せそうだったよ」

その同級生とは、結人が生まれてから初めて帰省したときに、本当に偶然にだが一度だけ地元で再会した。彼の隣には少し年上の男性が寄り添っていて、これから実家に二人で挨拶にいくところだと緊張しながら教えてくれた。

その二日後にまた彼らを見かけたが、同級生の家族総出で駅まで見送りにいくところだったらしい。どうやら挨拶は上手くいったようだと、二人の笑顔でそれを知った。

「……結人にも、いつかそういう大切な人ができるといいねぇ」

言葉にはせず、結人は小さくこくりと頷いた。

結人が、好きになる人。結人を、好きになってくれる人。

それに、悠人にも悠真にも、それぞれ大切な人ができる日がやってくるのだろう。

……いつか私も、子どもたちに紹介してもらえるだろうか？

そんな、想像するだけで素敵な未来。

私はそれが、今から楽しみで楽しみで、仕方がなかった。

「お母さんは、いま、幸せ……？」

「うん！　結人がいて、悠人に悠真！　こ～んなに可愛い子が三人もいて、お母さん、今とっても幸せ！」

そう言いながら抱きしめると、結人はそれはそれは嬉しそうにはにかんだ。

番外編

最高の贈りもの

トーマスが王都に行ってから、約二週間。今日ようやく、我が家に帰って来る。

お店もお休みにして、朝から掃除と洗濯、食事の準備をし、今か今かと待っていた。

けれども、それから数時間経ってもトーマスが帰って来る気配がない。

「遅いわねぇ……」

いつもだったら、この時間には帰って来るはずなんだけど……。

もう六時《正午》課の鐘はとっくに鳴り終わっている。

(何かあったのかしら……?)

すっかり冷めた昼食を一人で済ませ、リビングのソファーに腰を下ろす。

この家で一人きりで過ごすのには慣れたけど、やはりどこか寂しくもある。

もう十年、されど十年。この村に越してきてから、王都にいる頃よりも穏やかな生活が続いていた。討伐依頼に護衛任務。冒険者だった頃は、毎日が目まぐるしかったわね……。

あ、魔法が苦手だと不貞腐れていたあの子たちは、元気で過ごしているかしら?

そんなことを思い出していると、少し控えめなドアノッカーの音が響いた。

(……あら?　誰かしら?)

トーマスなら鍵を開けて入ってくるはずだけど……。配達も頼んでいないし、そもそもこんな時間に誰かが訪ねてくること自体あまりない。

「は～い！　いま行きます！」

玄関扉の向こうにいる誰かに向かって返事をすると、「ゆっくりで大丈夫ですよ」と、聞き慣れた声が返ってきた。

扉を開けると、予想通り人好きのする笑みを浮かべたお隣のカーターくんが立っていた。

「オリビアさん、お久し振りです！　ただいま戻りました！」

「カーターくん！　おかえりなさい！」

「あら？　トーマスは一緒じゃないの？」

きょろりと辺りを見回すと、カーターくんの乗ってきた荷馬車には誰もいない。私がそう尋ねると、カーターくんが「実は……」と、先ほどの出来事を教えてくれた。

それを聞き、私は伝えに来てくれた礼を言い、早速準備に取り掛かる。

確か、泥だらけで何日も食べていない様子だったと言っていたわね……。

それならお湯を沸かして、先に体をキレイにしてあげなくちゃ。あ！　どうしましょう……！

小さい子の着替えが無いわ……！　ん～。とりあえず、私のブラウスを準備しておきましょう。

食べていない様子ってことは、胃に優しいものがいいわよね……。

スープを作り直しておかないと。あ、トマトもあったから、それも加えちゃいましょう。

慌しく準備をしていると、再びドアノッカーの音が。

（あら？　カーターくんかしら？）

鍋の火を止め、「はいは～い」と声をかけながら玄関へと向かう。

だけどそこには、既に開いた扉が。その先には、少し申し訳なさそうに眉を下げたトーマスと、その両腕には泥だらけの幼子が二人。

なぜだか分からないけれど、初めてその子たちを目にした瞬間、私たちはずっとこの子たちを待っていたのだと確信した。

子どもたちはトーマスの腕のなかで、きょろきょろと家の中を観察している。

「ふふ。坊やたち、こんにちは。私の名前はオリビアよ。お名前、教えてくれるかしら？」

拭った跡はあるけれど、顔も服も泥だらけ。

だけど、そんなことは気にならないくらい、この子たちが輝いているように見えた。

「えっと、こんにちは……。ぼくのおなまえは、ハルト、です」

「ゆぅくん！」

「おとうとの、ユウマ、です」

少し上のお兄ちゃんが、可愛らしい声で挨拶を返してくれる。それを真似てか、下の子も元気いっぱいに名前を教えてくれた。

「ハルトちゃんに、ユウマちゃんね！　さ、二人とも。先に体を洗いましょうね」

トーマスの腕のなかから、そっとユウマちゃんを受け取る。予想していたよりも軽く感じるその命の重さに、胸の奥がぎゅっと締め付けられる。

きょとりとしながらも、私の腕のなかで大人しくなるその幼子に、愛しさが込み上げ、どうしようもなく泣きたくなった。

＊＊＊＊

二人のお兄さんが我が家にやって来る日。

扉を開け、「おかえりなさい！」と、笑顔で迎える。

黒髪の美しい、穏やかそうな男の子。どうやらこの子も緊張していたらしく、私の笑顔を見てホッとしたように肩の力をほんの少し緩めた。

「さぁさぁ、疲れたでしょう？　ご飯はもうすぐできるから、先に体を拭いてらっしゃい。着替えは明日一緒に買いに行くから、今日はこの服を着てね」

気を遣わせないように替えの服とタオルを手渡し、洗面所へと案内する。

「はい、ありがとうございます。今日からお世話になります」

「ふふっ、こちらこそよろしくね。こんなに賑やかなのは何年振りかしら～！」

年甲斐にもなくはしゃいでしまい、トーマスにも笑われてしまった。

でも、仕方がないと思わない？　こんなに可愛らしい子どもたちが三人も！

だけど、この後に起こるこの子たち兄弟の再会に、あんなに泣かされるとは夢にも思わなかった。

＊＊＊＊

隣街のアドレイムから戻ったトーマスが、珍しく疲れた様子。

大方、イドリス絡みかしら？　と思っていたら、案の定。ユイトくんのスキルについての大事な話し合いの場は、いつの間にかイドリスたちが来店する話に変わっていた。

「ふふ、トーマス？　あの子たちのこと、見せびらかしたくなっちゃったんでしょう？」

寝室に戻り、就寝前のささやかなお喋り。

この人が断り切れないなんてそんな珍しいこと、よほどのことがない限り今まで無かったもの。

「いやぁ……、まさか自分がなぁ。孫を自慢するヤツの気持ちが分かった気がするよ」

ふにゃりと眉を下げ苦笑いするトーマスに、思わず笑みが零れる。

「私もよ。あの子たちが来てから、毎日笑ってるもの。トーマス、あの子たちを助けてくれてありがとう」

「オレの方こそ、世話をするといった時、君が反対せずにいてくれて感謝してるよ」

そっと抱き寄せられ、私も彼の体をぎゅっと抱きしめる。

「私たちで、大事に見守りましょうね」

「あぁ、一緒に守ってやろう。さ、もう寝よう。おやすみ……」

「えぇ、おやすみなさい……」

安心する彼の体温に、自然と瞼が落ちる。

私もあの子たちにとって、そんな存在になりたいと思いながら眠りについた。

＊＊＊＊＊

イドリスたちの来店日。怒濤の調理が一段落し、トーマスへのサプライズも大成功！

まさかトーマスが泣くなんて……！　と、イドリスたちは固まっていたけれど。

まぁ、私も内心驚いたけどね！

「ハルト、ユウマ、準備できたよ！」

「はぁーい！」

そんなユイトくんの言葉をきっかけに、二人はとてとてと私の足元に駆け寄り、トーマスと同じテーブル席に座るよう促される。

トーマスと顔を見合わせるも、状況が理解できずに二人の行動を目で追うばかり。

そんな二人は、キッチンから器を落とさないようにそっと運んでいる。

「おばぁちゃん、あいす、ゆぅくんと、つくりました！」

「ばぁば、いちゅもありぁと！　どうじょ！」

二人の手には、器に盛られた甘い匂いのするほんのり黄色い氷菓が。まさか自分にも用意してくれているだなんて、夢にも思わなかった。

「おばぁちゃん、なぃてるの、しんぱぃです……」

「ばぁばも、じぃじといっちょ？」

思わず零れた涙を見て、ハルトちゃんとユウマちゃんが心配そうに私の顔を覗き込む。

「……ふふ。ハルトちゃん、ユウマちゃん。おばあちゃんね、と～っても幸せよ……。ありがとう……！」

「よかった、です！」

そう言うと、ハルトちゃんはパッと花を咲かせたように笑顔になった。それを見て、なんて可愛いのだろうと、つられて私も笑顔になる。

けれど、ユウマちゃんはなぜか口を尖らせたままだ。

「ゆぅくん、ばぁばなくの、かなちくなっちゃぅ」

なんて可愛らしい理由なのかしら！　思わず力いっぱい抱きしめるところだったわ……！

「あらあら、ごめんね？　ふふ、と～っても美味しそう！　食べてもいいかしら？」

「はい！」

「どうじょ！」

キラキラした表情を浮かべる二人に見守られながら、スプーンで一掬い。そっと口に運ぶと、とろりと熱で溶けていく。一瞬でひんやり、そして優しいバナナの香りが口いっぱいに広がった。

「……ん～っ！　これは最高よ！　二人は天才だわ！」

そう言うと、本当に嬉しそうに顔を綻ばせる二人。そんな二人があまりにも尊くて、一口、また一口と、この味を忘れたくなくて、噛み締めるように味わった。

＊＊＊＊

この日、大事件が起きた。

「……ついて来たのか」

「そうみたいです……」

頭を抱えるトーマスとユイトくんに、にこにこと笑いかける妖精……。

（まって、妖精……!?　妖精だなんて、本当に実在したの……!?　下手したら、国中がパニックになるんじゃ……？）

そんな私の心の内など露知らず。ハルトちゃんとユウマちゃんは、テーブルの上にちょこんと座る妖精を、「かわいぃねぇ」と言いながら、興味津々といった様子でにこにこ見つめていた。

（——なんっっって！　かわいいのっっっ……ッ！）

そうよ。余計なことは今は忘れて、この瞬間を目に焼き付けよう。

そう決意した私は、叫んで怯えさせないよう、必死で口を塞いだ。

＊＊＊＊

営業再開を翌日に控えた朝。

ユイトくんは早々に目が覚めてしまったようで、すでに朝食の準備をしてくれていた。

おまけにローゼに見立てたオランジュの飾り切りまで！　思わず感嘆の息が漏れる。

ユイトくんが二人を起こしに行っている間に、テーブルを整える。

けれど、ユイトくんたちがなかなかやって来ない。どうしたのかと兄弟たちの部屋の前まで行くと、三人の声が聞こえてきた。

「おにぃちゃん、どぅして、なぃてるの……？」

「どっか、いたぃたぃ……？」

「ちがぅんだ、……う、ごめんね……」

二人はユイトくんを抱きしめながら、「だいじょうぶ、ぼくたちがついてるよ」と、一緒に泣きながら背中をさすっていた。

私がその様子を涙を堪えながら見守っていると、いつの間にか後ろにいたトーマスが、私の肩をそっと抱き寄せる。

「ちがうの、幸せだなって思ったら、嬉しくて泣いちゃったんだよ」

そう言うユイトくんを、二人は笑って「ぼくもしあわせ！」と、またぎゅっと抱きしめていた。

「はぁ……、ごめんね？　お兄ちゃん泣いちゃって……。三人で泣いてたら、トーマスさんとオリビアさんをビックリさせちゃうね」

「おにぃちゃん。おばぁちゃん、そこにいます」

「じぃじも！　めしょめしょちてるの」

「……え」

ユイトくんが振り返り、ぐしゃぐしゃに泣く私と、目頭を押さえたまま鼻を啜るトーマスを見て、ポカンとしていた。そして、まっ赤な目をしたまま、恥ずかしそうに笑みを浮かべた。

その顔を見て、私はこの子たちを幸せにしたいと、改めて思ったの。


すっかり冷めてしまったけど、ユイトくんの作る朝食は最高に美味しかった。

オランジュで作ったローゼの花は、ハルトちゃんにユウマちゃん。さらにはトーマスも気に入ったようで、感心しながらずっと眺めていた。

「ユイトくん、何かあったら、ちゃんと私たちに話しなさいね？」

私がそう言うと、ユイトくんは目をパチパチと瞬かせ、「みんながいるから、幸せです」だなんて……。涙腺が弱いのに、そんなことを言われたらまた涙が……。

「トーマスさん、オリビアさん。僕、今日からまた頑張ります」

「ユイトくんはそれ以上頑張ると私たちがもたないから、ほどほどにしてちょうだい……」

あまりにも清々しい顔で言うものだから、つい本音が漏れてしまった。

＊＊＊＊

「ほら、ユウマちゃん。お昼寝しましょ」

「ん～……、はりゅくんはぁ……？」

お昼の陽気に当てられて、ソファーでウトウトしだしたユウマちゃんをゆっくり抱き寄せる。

「そうね、ハルトちゃんも一緒にお昼寝しましょうね」

可愛い弟に舌足らずに名前を呼ばれ、ハルトちゃんはくすくすと楽しそうに笑いながら私の後ろをついてくる。

兄弟の部屋に入ると、少しだけ窓を開ける。すると、心地よい風が頬を撫でていく。

「ほら、ハルトちゃんも」

「はぁ～い」

ベッドに腰掛け、二人の柔い髪を優しく手で梳《す》く。

擽ったそうに目を細める二人に笑いながらも、そっと懐かしい歌を口遊む。

ふわり風にのり　若葉がおどる
鳥たちがうたい　花がわらう
そのちいさな　ゆびさきを
そのつぶらな　ほうせきを
菩提樹《リンデン》のしたで　よりそいながら　そっと愛でましょう
おやすみ　いとしい子よ　よい夢を
おやすみ　いとしい子よ　また明日
しずかに星がふる夜　あなたに幸福が　訪れるように
やさしく月が照らす夜　あなたの明日が　笑顔で溢れるように
そのいとしいまぶたに　くちづけを

気付くといつの間にか、二人はすやすやと寝息を立てていた。
そのまろい頬を撫で、額にくちづけを落とす。
二人の寝顔を眺めていると、なぜだかふと、泣きたくなった。
……私ね。いままで誰にも言えなかった、夢があったの。
トーマスにも、仲間たちにも、決して誰にも言えなかった、ほんの些細な夢。

――自分の子どもに、いつか子守歌を歌ってあげたいって。

本当は、子どもが欲しかった。愛する人との、愛しい我が子。
幸せそうに笑う親子を見ては、心のどこかで羨望していた。
その諦めていた夢が、いま叶ったの。
あなたたちがいてくれて、私たちは本当にしあわせ。

あぁ、神様。なんて素敵な人生なのでしょう。
どうか、神様どうか。この子たちが、いつまでも笑って過ごせますように。

昼下がりの微睡《まどろ》みのなか、私はそっと天に祈った。

あとがき

皆様、初めまして。著者の葉山登木と申します。

この度は私の初めての作品を手に取っていただき、本当にありがとうございます。

この作品が生まれたきっかけは、世界的に蔓延した感染症の拡大により、自身の勤務先が休業した事でした。

いつ営業が再開するかも分からないなか、収入が減り、どんどん焦りだけが募っていました。

けれど、幼い頃から好きだった物語を自分で生み出すチャンスだと思い直し、手探りのなか、初めて小説というものに挑戦する良いきっかけになったのも事実です。

本当は物心ついた頃から漫画家になりたかったのですが、何度か賞に投稿しても選考から外れてばかり。自分には才能がないんだなと諦めていました。

今思えば必死の努力もせずに、何を甘いことを、と一喝したいくらいですが、当時は早朝から深夜までバイトを掛け持ちし、自分なりに必死だったように思います。

だけど、何年経っても、やはりお話を作る夢は諦めきれなかったのだろうなと、今になってつくづく感じました。

初めて小説サイトで自分の作品を投稿した瞬間のあの緊張とワクワク感は、今でも鮮明に思い出せます。深夜に一人、自分の部屋で誰とも話さずに黙々と文字を打ち込んでいく作業。投稿した後に、やっぱりこの表現のほうが良かったかも、と小説の書き方を読み漁りながら悩む時間。

これからこの子たちに、どんな楽しいことをさせてあげようかと考える事が、当時の私の癒しだったように思います。

大切な家族の入院。退院してからも毎週の通院で、不安と同時に自分の時間がほぼ潰れてしまっていた今年の一月。投稿していた小説サイトから、一通のメールが届きました。

それを読んだ時、嬉しくて、嬉しくて、まさに救いのように感じたのです。

それからは人生で初めての事ばかりで、改稿？　初稿？　と、戸惑いつつも、時間があっという間に過ぎていきました。

ＷＥＢ会議自体も初めてだったので、担当の島様に色々と教えてもらいながら、あたふたしたのも良い経験です。そして、鳥羽様のイラストを初めて見せてもらった時の高揚感。

私の思い描いていた登場人物たちを、より魅力的に描いてくださり、やっとあの子たちが動き出したと思いました。

正直、三十代最後の年にこんなに嬉しい事が起こるなんて、想像もしていませんでした。

書籍化の連絡を貰った時、少し早めの誕生日プレゼントだと本気で感謝したものです。


自分語りになってしまいましたが、この作品をずっと応援してくれている読者の皆様。

この作品に興味を持ち、たくさんある作品の中から本作を手に取ってくださった皆様。

良い作品を作ろうと丁寧に指導してくださった担当の島様。イラストを担当してくれた鳥羽様。

この作品に携わってくれた、全ての方々に、心より感謝を込めて。

皆様の明日も、いい日でありますように。

二〇二四年八月　葉山　登木

EARTH STAR
LUNA

明日もいい日でありますように。①
～異世界で新しい家族ができました～

発行 ―――― 2024年12月2日　初版第1刷発行

著者 ―――― 葉山 登木

イラストレーター ―――― 烏羽雨

装丁デザイン ―――― AFTERGLOW

発行者 ―――― 幕内和博

編集 ―――― 島玲緒

発行所 ―――― 株式会社アース・スター エンターテイメント
〒141-0021　東京都品川区上大崎 3-1-1
目黒セントラルスクエア　7F
TEL：03-5561-7630
FAX：03-5561-7632

印刷・製本 ―――― 中央精版印刷株式会社

ISBN 978-4-8030-2010-6